独屋里的灯

◎马野 著

陕西新华出版传媒集团
太白文艺出版社

图书在版编目（CIP）数据

独屋里的灯 / 马野著. -- 2版. -- 西安：太白文艺出版社，2017.9（2023.2重印）
ISBN 978-7-5513-1223-3

Ⅰ.①独… Ⅱ.①马… Ⅲ.①散文集－中国－当代②诗集－中国－当代③短篇小说－小说集－中国－当代 Ⅳ.①I217.2

中国版本图书馆CIP数据核字(2017)第180120号

独屋里的灯
DUWU LIDE DENG

作　　者	马　野
责任编辑	李　玫
封面设计	王丽丽
版式设计	庆阳市瑜华印务
出版发行	陕西新华出版传媒集团 太白文艺出版社
经　　销	新华书店
印　　刷	三河市嵩川印刷有限公司
开　　本	787mm×1092mm　1/16
字　　数	200千字
印　　张	15
版　　次	2015年7月第1版 2017年9月第2版
印　　次	2023年2月第3次印刷
书　　号	ISBN 978-7-5513-1223-3
定　　价	45.00元

版权所有　翻印必究
如有印装质量问题，可寄出版社印制部调换
联系电话：029-81206800
出版社地址：西安市曲江新区登高路1388号（邮编：710061）
营销中心电话：029-87277748

马野,原名马启昕,1965年出生,甘肃合水人。1987年毕业于甘肃中医学院,获中医学学士学位。曾任庆阳卫校教师,庆阳电视台记者、副主任、主任、副台长,现任甘肃省庆阳市社科联主席、庆阳市作协主席、甘肃省作协理事、甘肃省政协委员、庆阳市政协常委、民盟庆阳市委员会副主委、陇东学院特邀研究员。

大学时代开始文学创作,曾在《诗刊》《读书》《星星》诗刊、《散文》《飞天》《人民日报》《光明日报》《中国青年报》《南方周末》《文学报》《甘肃日报》等报刊发表散文、随笔、杂文、诗、小说等体裁的作品。曾获得《光明日报》《文学报》《甘肃日报》征文及全国环境保护诗歌征文奖,有多篇作品被转载或收入文集,两篇作品被《新华文摘》转载,其中一篇入选高职高专语文教材。

从事中医工作时,发表专业论文三十多篇,参与编写专著两部,一些论文曾引起广泛争鸣。从事电视工作时,编导的电视专题片、纪录片多次在中央电视台、甘肃电视台播出,多次获得广播电视节目奖、甘肃省"五个一"工程奖、敦煌文艺奖。从事社科工作以后,组织完成了庆阳四大特色文化研究等重大课题,组织出版了《庆阳特色文化研究》(丛书)等社科理论著述。近年又写作影视剧本,作为编剧之一的电影《血样年华》即将上映。

目 录

前言 ·· (1)

散 文

豳风绵长的地方 ·· (3)
陇东黄土塬 ·· (6)
陇东看山 ··· (9)
陇东的雪 ··· (11)
陇东馍馍 ··· (13)
心中的艾 ··· (16)
诗意六盘山 ·· (18)
鱼和水的共同革命 ·· (21)
环县一日行 ·· (25)
"一二一",齐步走 ·· (27)
兴隆山记雨 ·· (29)
第一次远游 ·· (32)
冬游记(七篇) ··· (36)
扎尕那 ·· (49)
俯仰之间 ··· (52)
子非鱼(两篇) ··· (55)

母校的大铁钟 …………………………………………（59）
表姐 ……………………………………………………（63）
人生履历表 ……………………………………………（66）

随　笔

独屋 ……………………………………………………（75）
栅栏 ……………………………………………………（77）
有鸟叫的房子 …………………………………………（79）
老家 ……………………………………………………（81）
那一天的夕阳 …………………………………………（83）
十月一，送寒衣 ………………………………………（84）
女儿的"回忆录" ………………………………………（86）
我家老布 ………………………………………………（89）
想念朋友 ………………………………………………（92）
酒坛醉事 ………………………………………………（94）
酒坛醉事（之二）………………………………………（97）
酒坛醉事（之三）………………………………………（100）
老爷爷 …………………………………………………（102）
感动 ……………………………………………………（103）
拥被读红楼 ……………………………………………（105）
幽默 ……………………………………………………（107）

杂　文

钢笔、手表的价值 ……………………………………（111）
三十公升人乳 …………………………………………（113）
便宜了歌星 ……………………………………………（115）

如此"分流" …………………………………… (116)
让人民自己说话 ………………………………… (117)
上当者 …………………………………………… (118)
历史的尴尬 ……………………………………… (120)
不灵不通小灵通 ………………………………… (122)
不需要这样的"全过程" ………………………… (124)
从第五天开始 …………………………………… (125)
读者也是消费者 ………………………………… (127)
儿童读物差错多 ………………………………… (128)
脸皮杂说 ………………………………………… (129)
留一点情面 ……………………………………… (130)

诗

寻常巷陌(组诗) ………………………………… (135)
故乡在陇东(组诗) ……………………………… (138)
描述父亲(组诗) ………………………………… (142)
母爱的表达 ……………………………………… (145)
灯笼(外一首) …………………………………… (146)
因为爱你(组诗) ………………………………… (148)
学着干诗人(外一首) …………………………… (151)
读史 ……………………………………………… (153)
第七根电杆 ……………………………………… (154)
炉中煤 …………………………………………… (155)
没有人代替我疼痛(组诗) ……………………… (157)
空空的手(组诗) ………………………………… (161)
一种关于绿色的情绪 …………………………… (168)
哀伤自然(组诗) ………………………………… (170)

读列宁 …………………………………………（174）
镰刀 ……………………………………………（175）
去北京看毛主席 ………………………………（176）

小　说

错号 ……………………………………………（181）
会疯子 …………………………………………（184）
生活：网 ………………………………………（204）
李万顺的尼龙丝袜子丢了 ……………………（220）

前 言

一

编印一本自己的文学作品集,是由来已久的想法,迟迟没有付诸行动,是出于对文字的敬畏。

我是从农田的地埂上开始认字、在地上开始学写字的,对字和纸有如神灵一般的敬仰。我始终认为出书是一件大事,不是什么人都具备这样的资格的。写了诗文,发在报刊上,有广泛的读者,还给稿费,这才是创作的正途。自己花钱费力出一本书,就那么小一个圈子,送人都送不了几本。所以写作三十多年了,只在2000年心血来潮,印了一本牛皮纸封面的小册子,再没有出过只署着自己名字的书。

二

今年决计要出这本书,有三个方面原因:一是今年距我1984年在《飞天》发表第一首只有四行的小诗整整三十年,出本书作为纪念;二是明年我就五十岁了,半生与文字打交道,出本书,是人生的小结,也是给自己的献礼;三是熟人朋友知道我写作,可能在报刊上零零星星地看过一些,总有人讨要我的书,想看看我到底都写了些什么，出一本，给朋友们一个交代。要说还有四的话，就是以后给孩子留点念想。

三

我是学中医的，但除过在卫校教了八年书算是从事本专业的工作之外，半辈子都在与文字打交道。写过电视专题片、纪录片解说词。写过电影、电视剧本，写过论文、行政公文，写过悼词、墓志铭等等，这些或是职责所系，或是应命文章，或是人情托付，唯有文学是爱好，文学作品是出于性情的文字，是个人作品。入选本书的仅限于此类。

四

受上世纪八十年代文学浪潮的影响，我开始写诗。后来各种体裁都写，近几年主要写写散文、随笔，若有整块的时间也写点小说，诗已经很少写了。收入这本作品集的有散文、随笔、杂文、诗、小说，大多数在公开发行的报刊上发表过。2006至2009年间，热衷于写博客，很少发表作品，也收录了此间写的一些博文。

五

我虽然一直是业余写作，却也执着、勤奋，年轻时精力旺盛，写得多，也发表得多，后来写得少了，投稿更少。作品发表以后，留存一份报刊，堆积起来，很少去整理翻看，印象中发表了不少，似乎还有一些不错的作品。编选这本集子的时候才发现，其实数量不多,分量更轻。应该说我写作的态度还是严谨的,自己不满意的东西绝不出手,但现在看来,有一些显然是应时应景的作品,有一些是年轻气盛的义气之作。尽管有些在《人民日报》《光明日报》《中国青年报》等大报大刊发表过,时过境迁、年纪渐长之后,再看起来就浅薄了,也没有收录。博客中的文章大多都是急就章,有意味、有内涵的少,选了几篇收入随笔之中,算是一个时段的记录。没有电脑的时候,稿子都是手写,保存不易,有电脑以后,种种原因导致许多稿件遗失了,在仅存的文稿中千挑万选,凑成这么一册,自己先觉汗颜了。

六

"独屋"是我上大学时就取的书房的名称,尽管那个时候没有书房;大学刚毕业那几年有了一张自己的书桌,桌前的灯常常要亮到凌晨一两点,甚至东方既白;这几年有了不小的书房,却懒惰了,懈怠了,书房里的灯要么暗着,要么早早地熄了。但是,在我的心里永远有一间房子叫独屋,独屋里的灯永远亮着。在文学这条路上走了三十年,既没有成名,也没有成家,以后也不可能成名成家。那么,在工作、家庭之外,还要辛辛苦苦扛上这样一副担子,究竟所为何来?就是因为文学,使我有了另一个精神世界,这个世界就是自己一个人可以躲进去的独屋,无论外面的世界如何黑暗,独屋里始终有一盏灯亮着。这就是这本书书名的由来。

2014 年 11 月 28 日

散文
SAN WEN

靖文

豳风绵长的地方

庆阳是一个古风犹存的地方。

庆阳是一个豳风绵长的地方。

庆阳古为北豳,《诗经·豳风》中的七首诗勾勒出了古庆阳的风情画卷。《豳风·七月》描述的就是农夫在庆阳这块土地上一年四季劳作的情景。"三之日于耜,四之日举趾"。正月就要整理农具,二月就要举足下田,开始耕作了。男人忙碌,妻儿也不闲着:"同我妇子,馌彼南亩。"约好我的妻子孩子,送饭到南边的田地。小时候,母亲做好饭,馒头装进柳条篮子,用毛巾蒙上,小米汤舀进瓦罐里,一小碟咸菜放在罐口,把瓦罐盖得严丝合缝,冒不出一点热气。母亲说:送到地里去。我就一手挎篮,一手拎罐,摇摇曳曳地走到地头。父亲吆喝着牛,停好犁,把鞭杆深深插进地里,双手在衣襟上拍打拍打,父子俩圪蹴在刚刚翻耕的土地上,鼓动腮帮吃馍,呼噜有声喝汤,潮润的泥土散发着独特的芳香,一顿简单的饭菜因此有了特别的滋味。如果有检查生产的公社、大队干部,父亲招呼一句:过来吃!干部也不客气,同样圪蹴下来,大嚼大咽起来,正如《诗经》所载:"田畯至喜。"

豳地的农耕技术是周人的先祖传授的。周先祖来到以畜牧为业的庆阳以后,"教民稼穑""务耕种,行地宜",开创农耕文明。公刘是其中最有代表性的人物,《诗经》中有一篇专门歌颂公刘的功德。"笃公刘,逝彼百泉,瞻彼溥原。乃陟南冈,乃觏于京。"忠厚的公刘啊,前往众水所聚的地方,查看宽广的平原;爬上南边的山冈,发现了京地。

公刘所查看的"溥原"就是庆阳境内的董志塬,现在被称为世界上土层最厚、面积最大、保存最完整的黄土塬;"京"就是首都,庆阳宁县的庙嘴坪是公刘一族的首都,这里是中国最早的"京城"。"乃造其曹,执豕于牢,酌之用匏"。豕就是山里的小猪,把山里的小猪抓回来关到木栏里,养大以后再杀掉吃肉;用葫芦做成的勺子斟酒,招待客人。以前庆阳农家舀水、舀面、舀米的瓢都是葫芦做的,窑洞的墙上也挂满了去掉瓢的干葫芦,里面装着辣椒、萝卜、茄子、葱籽儿,以备来年开春时点种播绿。

庆阳的农耕历史不仅源远而且流长,新中国成立以后还有陇东粮仓的美誉。庆阳人不仅耕种稼穑,是农耕之源,而且种桑养蚕,是桑麻之地。

《豳风·七月》:"春日载阳,有鸣仓庚。女执懿筐,遵彼微行,爰求柔桑。"春天来了,天气开始变暖,女子挎着深筐,沿着那小路去采摘柔嫩的桑叶。我家里就养过蚕,我们对蚕有一个更亲昵的称呼:姑娘。白白胖胖正是庆阳漂亮姑娘的标准,结茧吐丝的蚕是漂亮又勤劳的"姑娘"。

摘下蚕茧,抽出蚕丝,染成五颜六色的丝线,女人们就要大显身手了。庆阳民歌里唱道:"八岁学针线,十三进绣房,进入绣房绣鸳鸯,百样故事都绣上。"庆阳最有代表性的绣品是绌绌,就是在一块绸缎布料上绣上象征情爱的鱼钻莲、表达美好祝愿的福禄寿喜等图案,然后填充上棉花、香料,把边缘撮在一起,用线绳搐起来,就成了芳香四溢、情意无限的绌绌。绌绌是俗名,典雅的称香囊、容臭、佩帏,通常的叫法是荷包、香包。香包是庆阳的名片,庆阳的端午是最隆重的民间节日,也是香包的节日。大街小巷、田间地头,孩子们戴着绣着五毒和十二生肖图案的香包,欢蹦雀跃;花前月下,姑娘们用香包表达爱情、私订终身。现代的庆阳,自由恋爱、私订终身可以,但要结婚还必须延请媒人:"伐柯如何?匪斧不克。取妻如何?匪媒不得。"这也是《诗经》中的豳风。

浓郁的豳风在这块黄土地上绵延浩荡。

《诗经》里的"风"就是民歌，豳风就是豳地的民歌。男人们在田地里耕作，女人们在炕头绣花。男人寂寞，女人孤独，寂寞孤独就要唱出来。男人们唱的是肚里的弯弯肠，女人们唱的是心中的千千结。记忆中，男人们糖地时，在藤条编成的糖上，劈腿而立，手执皮鞭，昂首挺胸，歌声信天而游，不时地甩起皮鞭在空中炸出一声脆响，天阔地远，丽日白云，那种豪迈，那种粗犷，充盈得满天满地；女人们坐在炕头上，眼前的窗户、身后的炕腰上，贴满了窗花剪纸，飞针走线、低眉蹙首之际，一曲《女望娘》就幽幽怨怨地流淌，就像窗外静静的时光。

时光静静流淌，豳风瓜瓞延绵。这块豳风吹拂的黄土地，不仅是诗的故乡，歌的家园，也是一个落脚之地，出发之地，转折之地，创业之地。当黄帝部落来到这里以后，黄帝拜庆阳人岐伯为师，两人谈医论药，创立了中医药学。岐伯创建了军乐，黄帝部落在铿锵军乐的鼓动下，一路浩歌，挺进中原，统一了华夏。周先祖不窋本是夏朝的农官，在政局动荡中失官逃窜到戎狄之间的庆阳，削阜为城，励精图治。不窋终老于庆阳，他的孙子公刘带领族人，一路南迁，定居关中，创立了周朝八百年江山。历史总是有惊人的相似之处，数千年之后，一支红色的队伍落脚到包括庆阳在内的陕甘苏区，休养生息，又从这里出发，奔赴抗日前线，取得最终的胜利。

当这支红色队伍来到庆阳以后，庆阳人的歌声再次飞扬。一个大字不识的农民，脱口唱出了《咱们的领袖毛泽东》；一个同样大字不识的木匠唱出了《绣金匾》；在火热的大生产运动中，《军民大生产》在庆阳民歌中脱胎而出。三首庆阳民歌成为豳风传承中创造的红色经典，至今仍在大江南北传唱。

《甘肃日报》2014年4月22日

独屋里的灯
DUWULIDEDENG

陇东黄土塬

　　由西北通过古萧关,或由东南越过秦岭,眼前千沟百壑与万亩平畴勾接绵延、莽莽黄土起伏铺展的就是陇东了。

　　陇东没有沙海连天、五岭逶迤,没有小桥流水、迷蒙烟雨,也没有九寨沟、武夷山这样的景点和半坡、兵马俑那样著名的文化遗迹,但是黄土高原上四季变幻、雨雪霁晴,却别是一种景观。

　　晨光熹微的时候,你随便在一个塬畔站定,看山外之山上,一抹胭红慢慢洇开,随后一轮红日喘息挣扎着攀上山顶,那样鲜红,那样硕大,万道金光扑面而来。你也许看过泰山的日出,也许见过太阳如何浮出大海,但你不一定有过与太阳平立塬上相对而视的这种感觉。你整个儿的肺腑心胸,都被这金光荡涤得一片澄明。如果在农历五月,天上一轮杲阳金光四射,塬上千亩麦田金浪翻涌,更有向日葵点缀其间,一时间,你定会误以为置身梵·高的画布上了。如果是秋天,站在塬上,你会发现还有那样湛蓝高远的天,轻软飘逸的云,薄绸临风一般,而南去的大雁,声声叫着的都是不尽的留恋,不知不觉已日薄西山,晚霞满天了。百鸟噪林,千虫和鸣,玉米、高粱这些高个子的植物,微风拂动处,叶子窸窸窣窣地响着,还有母亲呼儿唤女的悠长声音,听惯市嚣沸扬的人,怎能不在这天籁人声的合奏中陶醉?

　　高原上的雾,尤其神奇。既不轻盈,也不沉重,好像天上有无数的线缆挂着,雾静静地垂着。人一走进来,就像永远也无法走出去,别人好像也再不能闯入,一个人就拥有了一个独立的天地。这天这地,没有喧嚣,没有争吵,没有村舍,没有阡陌,更没有人。只有这雾在身前、身后、臂左、臂右,不远不近,想躲躲不开,想抓抓不住,若即若离地随着你。瞻前,茫茫一片;顾后,一片茫茫。你走,你的世界也走;你停,你的世界也停。你恍如置身于一个大舞台,那浓浓的雾,就像软软垂挂的洁白的边幕,而你眼前活动的那一方天地,就像追光灯造出来的世界。也许你很想慷慨激昂吼几句,也许你什么也说不出来,但更多的时候,你的想法少了几许浪漫,却多了一些沉重。你看着这混沌世界,天地浑然一体,你会觉得你就是盘古,你就得开天辟地;你就是女娲,你就得补天,就得造人。这一切,包括你自己的生存,也都在你的努力了。没有人可以帮助你,甚至没有人要你帮助。你是统治者,因而你兴奋;你是开拓者,因而你困惑。这就是高原的雾。高原的雨,也像这雾,只是清明了些,泥泞了些。而高原上的雪,则完全一派北国风光,俚俗如"天地一笼统,井上黑窟窿",雅洁如"山舞银蛇,原驰蜡象"者便是。

陇东黄土塬,吸引你的还不只是自然风光,还有古朴淳厚的乡风民情和古老的文化余韵。

在随便的一个沟岔,一道山梁,一条爬坡羊肠道上,你会看见毛驴驮着水,铃声叮当。悠悠跟在驴后的人,或是一个红袄绿裤的女子,或是一个黝黑健壮的小伙子,或是一个古拙苍凉的老者,或是一个羊角小辫的姑娘。随口而出的信天游、陇东道情,缠山绕水,高亢嘹亮,遏云裂帛。随着那驴子,走过山畔畔、沟畦畦的土庄,便有一个妇人,撩开土布的门帘,从窑洞出来,在围裙上用力地擦着手邀你:"进窑里坐,窑里坐。"而你还痴痴地当院而立,望着山墙上长串子的红辣椒,骑墙而架的成山成岭的玉米,顺崖根而堆放的洋芋冬瓜,还有贴在窗棂上的红红绿绿的窗花。你可别小瞧这些窗花,这就是陇东剪纸,陇东民间艺术一绝。专家说,我国原始社会,先民们以作为生命象征的鹿为图腾的鹿头文化,以及以蛇龙为图腾的原始文化,在国内其他地方几乎绝迹,但在这些剪纸中却保留了它们的原始形态。

独屋里的灯

这些土头土脑的东西,已经闯入了世界艺术之都呢!走进窑洞,冬天的那个暖,夏天的那个凉,让你风尘尽洗,困顿全消。鞋脱了,坐在土炕上,接过旱烟锅子,听老人们说古今、话沧桑,而风箱已"呱嗒呱嗒"地扇起来了。擀得又细又长的面,煎得油汪汪的汤,陇东臊子面一两袋烟的工夫就端到了炕上。若是农闲时节,到了晚上,循着胡弦的声音摸出去,准会有一眼窑洞被汽灯照得明晃晃,灯下相傍而坐的男女老幼,呼儿唤母哄哄嚷嚷,一块三五尺大小的布挂在窑掌,呵,一场皮影戏快要开场了!快捡块树根、砖头坐下来看吧,这东西还曾轰动过意大利呢!

运气好的话你还可赶上一场陇东乡村婚礼,不用看红袄、红裤、红鞋、红着脸的新娘,也不用入席喝那醇香绵甜的黄酒,单听一支悠扬激昂的唢呐曲,你肯定就醉了。若在春节,你还可以欣赏到别具一格的陇东社火;若在中秋,你又可以吃上喷香酥软的陇东月饼。反正,这么说吧,陇东没有一处是风景,陇东没有一处不是风景,随便一块黄土都是耐人寻味的。陇东没有一天是旅游日,陇东没有一天不是旅游日,随便什么时候,都是引人入胜的。朋友,你想不想到陇东黄土塬上走一趟?

《丝绸之路》1995 年第 2 期

陇东看山

陇东黄土高原虽然称作"原",却是一个山的世界。

面积仅仅九百一十平方公里的董志塬,史书称"大原",民间还流传着"八百里秦川,不如董志塬的边边"的俗语,现在更是享有"天下黄土第一塬"的美誉。当然,这个天下第一,不仅因其在黄土塬中最大,还因其土层的深厚和保存的完整。而星罗棋布的众多的小塬,其实不过是一些山头而已。在陇东,有看不尽的山。

陇东原本没有山,是一整块黄土平原,由于风雨侵蚀、洪水冲刷,才使这块平原变得支离破碎,形成了沟壑纵横、梁峁交错的特殊地形地貌,山与塬形影相随,你中有我,我中有你。小的塬,就是一个山峁;大的山顶,就是一座小塬。漫步塬上,正当洋洋自得于眼界的开阔、风光之无限的时候,脚下却陡然一收,但见群山环绕,绿水东流,又到了山边;若从山岔沟底盘山而上,登临山顶,眼前豁然展开坦坦荡荡的一片,却又是塬,这里的塬在山上。这是陇东独有的景观。

坐在塬边,放眼望去,连绵不断的群山,错错落落,挤挤挨挨,让人迫切地想找到一座"一览众山小"的山,看看陇东到底有多少山,可总是山外有山,无边无际,多得让人气馁。伫立沟底,仰首环视,看不见奇耸的峰,逶迤的岭,只有一面面斜斜的山坡把沟谷川台围得像一个洒满阳光的天井。驱车行进在群山夹峙的河谷,千篇一律的山让人倍感寂寞,不习惯在车上睡觉的人,便睁大了眼睛看着窗外,努力搜寻与众不同的山。于是,这条山道上便有了许多奇异的风景:由树构成的"上山的乌龟",如龙舞动的山脊,酷似某伟人像的山头。从此,这条路上又多了许多看山的人。

　　陇东的山,都是平凡如这里的芸芸众生一样的无名小山。春夏时节,在春风雨露的滋润下,间杂着星星点点野花的蒿草丛使山碧绿一些,生动一些;秋冬时节,萧瑟寒风又使山统统变得枯黄,了无生趣,甚至在北部,终年都是荒山秃岭,一派灰黄。但是,陇东的山,是陇东人的依靠。依山而筑的窑洞,庇护着生生不息的陇东人。刚硬的陇东汉子,遇到什么愁肠的事,就找一个向阳的山坡坐下,点着烟锅,面对漫无边际的群山呆呆地看上半天,然后在布鞋底上磕掉烟灰,手撑着黄土站起身,"咳——"一声长叹,百结的愁肠也就舒展了。柔弱的陇东女子,遇到什么伤心的事,就找一个没人的山头,大放悲声哭一阵,擦干眼泪站起身,拍拍屁股上的黄土,就什么事都没有了。遇到高兴的事,不管男女,对着那山,吼上几嗓子,浑身都舒坦了。一代一代吼下来,山丹丹成了歌了,黄蒿蒿成了歌了,土疙瘩成了歌了,漫山遍野都是歌了,都是泪蛋蛋、毛眼眼了。陇东的人就成了达观快乐的人,陇东的山就成了多情的山。便有山外的人,兴冲冲地来到陇东看山,他们把看山不叫看山,叫采风。

　　真是初到陇东,看山是山;再到陇东,看山便不是山;久居陇东,看山还是山。

《甘肃日报》2006 年 12 月 4 日

陇东的雪

很小的时候,就听大人们说,雪是小麦的被子,厚厚的雪,就像绒绒的棉被盖在麦苗身上,麦子就会暖暖和和过冬,来年就有好收成,就有雪白的馒头吃。

记忆中的雪总是很多,不几天就要筛下厚厚的一层,冬天的田野,好像从来就没有裸露过,一直是一派"山舞银蛇,原驰蜡象"的北国风光。麦子捂着厚厚的棉被,做着香甜的梦。上学的路,总是被雪藏起来,害得我们的步子老是歪歪斜斜。尤其是过年,也许是为了应那句"瑞雪兆丰年"吧,年年飞雪迎春。乡里的孩子,不喜欢堆雪人,但我们有我们乡野的情趣。由于积雪不化,鸽子无处觅食,我们就在麦秸垛下扫出一块空地,撒上高粱、玉米,下好用马尾做成的套子,然后远远地躲开,等待鸽子陷入圈套。每到大地回春的时候,残雪消融,大地解冻,人们仿佛能听见刚刚苏醒的土地"嗞儿——嗞儿"渴饮的声音。这个时节的早晨,一起床就能发现一份惊喜,每家的屋檐下都挂着一长溜晶莹剔透的冰凌。蹿上跳下,费好大的劲儿从屋檐摘下来,用通红的手攥着,吮上一口,冰得直掬气儿,那滋味儿,绝不亚于当今的棒棒冰。

那滋味、那情趣连同那大雪,永远留在记忆中了。

不知从什么时候开始,雪慢慢地少了,雪已经不是冬天的主要风景了。而且即便是下雪,也没有了那种洋洋洒洒的气势、那有声有色的滋味。而是下得悄无声息,无精打采。因为少了雪,冬天也就变得没有了冬天的样子:景色灰蒙,空气干燥,尘土飞扬,疾病流行。

今年的陇东,持续一个多月的伏旱,冬麦无法下种,就在人们将要绝望的时候,才算有了一场雨,使麦种安了家。之后,又是一个多月煎心熬肺的等待。可是,无雨也无雪,种下的麦子只露出一点嫩芽就枯黄了。农人们袖着手,圪蹴在地头上,望望天,望望地,就像眼看着自己的小宝贝因为没有被子而挨冻,自己却没有办法把他拥进怀里,无奈地叹息着。

好像过了好久好久,天空才飘起了零碎的雨。太多的失望已经让人不敢抱有太大的希望,也不敢露出一点惊喜,唯恐一惊一乍,会把那天上的云惊散,把那刚有的雨意吓跑,只有屏息听着。转眼雨变成了雪,也变得迅猛了许多,花絮一样的雪狂乱地舞着,飞速地旋着,风在天地间扯起密密的经纬,一会儿就把雪花织成一条大大的棉被盖下来。屋顶白了,道路没了,大地白了。

整个陇东静得没有一丝儿声气,人们还在屏息听着。雪无声,却有韵,雪韵悠长。

我也屏息听着,仿佛有一种徐徐的声音传过:明年麦子有收了。

《甘肃日报》1997 年 11 月 23 日

陇东馍馍

小麦,是陇东的主要农作物,也是陇东人的主要粮食。陇东人的小麦吃法主要是"馒头",他们称为"馍馍"。所以,陇东人称讨饭的叫"要馍馍的"。但是,在陇东,馍馍已不是一种单纯的食品,而是和陇东的文化习俗发生了广泛的联系,形成独特的陇东"馍馍"风俗。

一元复始,万家欢庆,陇东人在张灯结彩的同时,也在蒸馍馍上颇下功夫。农历腊月二十七八是传统的蒸馍馍的日子。家庭主妇们把早已磨好的精白的面粉发酵好,用尺八或二尺的大锅,一锅两层甚至加笼三层、四层,一般要蒸上六七锅,人口多的人家还要蒸上十来锅,总之蒸的要能吃过正月十五。陇东人平常吃馍,一般都是方形或不规则形状的,而这时蒸的馍一般都是圆锥形的,陇东人称"圆馍馍"。有时也抹一些油、姜黄,做成莲花状的花卷,陇东人叫"油花卷子"。每一锅蒸好,还要用筷子点上红点,然后铺开晾在窑地里的干草上。心急的孩子,就抓上一个自认为最好的、红点最大的跑出去和邻家的孩子比馍馍去了。孩子们比着,大人们也忙里偷闲瞄上几眼,看到好的,就啧啧地感叹几句;赖的,就撇撇嘴,一笑,或者也说几句假声假气的奉承话。如果哪一家当年娶了新媳妇,那么这个时候就是比手艺的时候。若馍馍蒸得又大又白又软,就被认为"手巧",很快就会得到好名声。到了除夕夜,还要拣上几个最好的,放到八仙桌上,献于祖先的灵前。初一早晨,人都吃饺子,但要给狗吃馍。把一个白馍和一个粗面的黑馍或杂粮做成的馍同时放在厨窑的门槛上,叫来狗,全家大小围成一圈,眼巴巴地看着。如果狗先吃白馍,就说明这年麦子要成了,全家欢天喜地。否则,麦子可能就没有好收成,叹息一下,骂几声狗,也就罢了。

清明时节,人们去野外扫墓,小篮里除过一些纸表之外,还要装上几个馍馍。到每一个坟头,掰成小块撒开,算是给孤魂野鬼的吃食,以免滋扰自己的祖先。

陇东的馍馍最讲究的要数中秋节。这天下午主妇们就开始忙活了。把发好的面,擀成一张一张的薄饼,上面抹上花椒叶面儿和清油,一层一层叠上去,一般要叠五六层,周边再捏成花边纹。还要捏一些兔子、小鸟一类的小动物,用黄米粒作兔子的眼睛,用花椒籽作鸟的眼睛,活灵活现,煞是可爱。再在最上一层,用锥子画出些人、树的样子来,那人大概是吴刚、嫦娥吧,树也就是月桂树了吧!然后把兔子、小鸟放到最上一层蒸熟,就是陇东的月饼了。蒸出来还不能即刻吃,而是要等月亮升上来后和梨、枣、核桃等一起,端到月亮底下,祭一祭月神,人才可以吃。这种月饼又厚又软,还有层层喷香的花椒叶面儿、清油,吃起来香软可口,最得孩子们喜爱。有的人家,还要把没有完全成熟的大枣,揉进面里,蒸成枣馍,吃起来甜丝丝的,这又为陇东中秋时节的饭桌添了一份美食。

除过节日,陇东的馍馍很有特色,在一些特殊活动中,馍也特别讲究。陇东过事,无论是婚嫁丧葬,满月祝寿,来客也不管远近亲疏,带没有带其他礼物不要紧,馍是必带的。根据过事的性质不同,馍的种类数量也有所不同。喜事一般二十二个,或四十四个作为一盘,上礼是叫"喜饼"。馍上都要点红点,而且主人还要退两个、四个甚至十二个,作为"回盘"。白事一般是二十一个,不点红点,主人退一个"回盘"。过满月一般是四个小圆烙饼,陇东人称烙馍。而孩子的外婆则要拿两个大圆饼,陇东人称"锅盔"。如果孩子的外婆手比较巧的话,锅盔上面要用梳子、顶针做出多种图案,而且要放在石子里面烙。这样烙出来的锅盔色黄而正,吃起来香脆。外婆所带的锅盔就是满月事上所议论的中心话题之一。如果是祝寿,则蒸成大馍,足有七八两重。馍顶上有同样用面捏成的莲花,花瓣、花蕊、叶都分别用不同的颜色染过,栩栩如生。结婚的时候,男方也要蒸这样的大馍,一般蒸四个,与祝寿不同的是馍里分别放上一个硬币、一撮麸皮、一个核桃、一个大枣。新婚之夜,新郎新娘每人要掰开两个,掰开如果是硬币,则说明有钱;是麸皮,则说明有"福";是核桃则聪明有才;是大枣,则早生贵子。这四个馍,别人不能吃,也不能扔掉,必须由新郎新娘吃完。女方的陪嫁品里,也有几个馍,是娘家害怕姑娘到婆家"挨饿"。在陇东的大小"事"里,谢媒人、吹鼓手、执事、厨子一律用馍。

不仅如此,陇东人招待客人也用馍。无论客人什么时候来、吃过饭没有、饿不饿,先让客人脱了鞋坐在炕上,用碗端过来几个馍,请客人"吃个馍馍"。客人一般也不推辞。

在活人中间,如此盛行"馍馍"之风,死人也就不例外了。如果哪个人死了,亲人们就给死人手里塞一块馍馍,好让他在去阴间的路上喂狗,以免遭阴间的狗咬。

陇东人之所以有如此多的"馍馍"风俗,大概与这里长期自给自足的农业经济特点有关吧。人们靠种粮为生,又以小麦为主要食粮,吃饭以馍馍为主要饭食,因此陇东人才把馍馍看得如此神圣。如果有人随便扔掉馍,或者躺着吃馍,也被认为是极大的不恭,被骂作"造孽"。现在,生活条件虽然好了,但这些馍馍风俗仍然代代相传。

甘肃人民广播电台播发,获西部十二省(区)广播电台征文奖,《丝绸之路》1994年第6期

心中的艾

端午渐渐临近,山野中的艾蒿想必已经摇曳生姿、生机勃发。居住在小城中,仿佛也能闻到隐隐约约的艾香了。

清明插柳,端午插艾。艾蒿,是端午的旗帜,插在家家户户的门楣上。小时候,天还未亮就睡眼惺忪地被大人打发出去斫艾蒿。好在艾蒿并不需要寻寻觅觅,荒坡上,野地里,草丛中,成簇成片,举手下镰就是一大捆,只是要赶早,要带着清清亮亮的露珠才行。大学毕业以后定居这座城市,那时候城市很小,还是一个"村中城",举步便到了郊野。端午的清晨起个大早,没有镰刀,折回几支艾蒿,插在单身宿舍的门框上迎接端午的到来。这些年,小城伸胳膊展腿长大了,原来居住的地方已经成了"城中村",端午折艾已经渐渐成了往事,端午插艾也成了纸上的民俗。

生在荒郊野外的艾蒿,是质朴而平凡的,它没有奇特的造型,没有鲜艳的花朵,它的叶子淡绿中带着灰白,也没有一般植物那种娇滴滴的翠绿。人们所钟情的只是它在山野之中培养的浓烈的芳香,在端午盛夏来临的时候才被想起,悬于门楣之上,驱邪避秽,守护平安。但是,对于我童年的乡村,艾蒿不只属于端午,它是农家夜晚的安宁,包治百病的灵药,四季长明的灯盏,永远不灭的火种。

端午过后,就到了陇东收割打碾的三夏大忙季节了,人们在麦趟里一弯三折,挥汗如雨,或是在碾麦场里,左奔右突,上下联手,都是抢黄天的活计。但只要得空,就冲下山洼洼,撸回一抱艾蒿,三股一合,在干腿梁子上搓上几把,一根火腰子长蛇一样扔在阳坡上,收工的时候拎回家,点着挂在窑洞的门框上,蚊虫就进不了门。这个夜晚的鼾声就是酣畅而悠扬的。

"七年之病,求三年之艾",这句通俗的话却出自于高深的《孟子》。乡村一些大字不识的老婆婆,不知道孟子是何人,却熟知"家有三年艾,郎中不用来"。她们把艾蒿晒得干透,捋下叶子,在簸箕里反复揉搓、过筛,留下细细的艾绒,装进葫芦里,挂在阴凉干燥的地方。谁家的老人皮肤瘙痒了,谁家男人皮开肉绽了,她们就用艾绒泡水外洗;谁家孩子受凉了、惊风了,女人小腹冷痛了,经血不调了,她们就用艾柱、艾条熏灸,几乎包治百病。我上大学学的就是中医,那时候才知道,艾治百病,不是农村老太太的迷信,而是李时珍《本草纲目》里的科学。

农村大集体的时代,给生产队放羊是比较清闲的活儿。山坡上有取之不尽的艾蒿,羊倌有用之不竭的时间,他们把艾蒿和时间合股放在小腿梁上,搓成拇指粗的火腰子,一节一节地延续,一圈一圈地盘起。盘成桶样的一柱,夏天就完了;挂在羊圈的墙上,挂在囤架子上,干透的时候,冬天就到了。把火腰子从头上点着,艾蒿又一节一节复活,时间又一圈一圈绽开。做饭的时候,拿一把柴草凑到火头上,"扑、扑"地吹两下,火就着了;抽烟的时候,烟锅子凑上去,"吧嗒、吧嗒"咂两口,烟就点着了;天黑的时候,一群人围火腰子而坐,乡村的夜晚,明明灭灭,闪闪烁烁,絮絮叨叨。不用那昂贵的火柴,火种照样赓续不绝;不用那稀缺的煤油,照样有点亮黑夜的灯盏。就这样,温暖和光明倒叙进入夏天。

艾蒿不只属于端午,也不仅属于民间,艾蒿还属于《诗经》,属于《庄子》,属于《礼记》,属于《离骚》,属于《史记》。"彼采艾兮,一日不见,如三岁兮!"那采集艾蒿的人,一日不见如隔三秋啊!艾蒿虽普通,也是多情之草。艾蒿的根深深地扎在山野里,也扎在身后的文化土壤里,扎在人们的心田里。

《甘肃日报》2014 年 5 月 22 日

诗意六盘山

1935年10月7日,一个西北高原天高云淡的秋日,毛泽东率领刚刚改编的中国工农红军陕甘支队登上六盘山,写下了《清平乐·六盘山》,寂寂无闻的六盘山,从此不但闻名于世,而且名垂青史。

六盘山,因为一首词而闻名;六盘山,是一座诗意的山。

六盘山又名陇山,是陇东的"地畔子"。从小生活在陇东的我,对于这首革命伟人写在我们家乡的词早已熟稔于心,并且带着少年的狂热与崇拜,多次在作业本的背面模仿毛泽东龙飞凤舞的墨迹。六盘山在我幼小的心灵里是一座令人向往的圣山,如果能够一睹她的威仪,就如踩上了伟大领袖的脚印,但却一直无缘跨越两百多公里去实现心中的夙愿。1982年,我第一次离开家乡远赴省城求学,在与毛泽东写这首词相同的季节翻越了六盘山。

乘着公共汽车,顺着蜿蜒的道路盘山而上,我的心因兴奋而激荡,不断地无声地狂呼:我登上了六盘山,我终于登上了六盘山!也在心中无声却激情地反复吟咏那首只有八句的词。那时候如果有手机的话,我想我会立即打电话告诉每一个亲友我的激动。到学校以后,在给每一个亲友写出的第一封信中我都描述了这样的心情。在一群陌生的新生中,我唯一自豪的经历就是登上红军长征经过的、毛主席写过的六盘山!

近三十年过去了,我无数次往返于家乡与省城五百公里的路途上,无数次翻越六盘山,再也没有了当年的激情,路边的风景早已平淡无奇,但那首词一直萦回在我的脑际,至今让我玩味。

"天高云淡,望断南飞雁。"如此澄澈透明的天空,可以望见南飞的大雁没入了天际,这是自然景观的描写,又何尝不是诗人心境的写照,扫除了笼罩心头的阴霾,心空也是一片澄澈透明。从苏区撤离、进行战略转移已经将近一年,辗转十省,"屈指行程二万",历经千辛万苦,"不到长城"固然"非好汉",可是"长城"——转移的目的地在哪里?在贺龙领导的红二方面军开辟的湘西根据地,却无法靠近;在张国焘领导的四方面军开辟的川西根据地,会合了,又各行其道;开辟一块新的根据地,在飞机大炮的围追堵截下,总是立足未稳。在哈达铺这个小镇,国民党一张过期的报纸上,毛泽东终于发现了"长城"就在眼前,在刘志丹所开辟的陕甘根据地发现了西北还存在一大片红色区域这个"天大的喜讯"。毛泽东异常兴奋,他娴熟地运用声东击西、迂回作战的战术,"佯攻天水,示行于东",出敌不意,从哈达铺掉头北进,扫清阻碍,摆脱追敌,于10月7日下午一鼓作气登上六盘山。翻越六盘山就到了陇东,就进入陕甘苏区的门户了。登临"六盘山上高峰",一种到家了的感觉,让毛泽东尽舒胸中的郁闷之气、焦躁之气,神清气爽,心旷神怡。在具有浪漫主义诗人气质的毛泽东眼里,"漫卷西风"的已不仅是他所率领的这支队伍打起的红旗,而是西北根据地迎风飘扬的红旗,是必将飘扬全中国的红旗!尽管革命仍然处于低潮,但是雄才大略的毛泽东已经看到了转机,他感觉已经"长缨在手""缚住苍龙"的日子为时不远。

事实完全证实了毛泽东的预言。越过六盘山十二天之后,中央红军顺利到达陕北的吴起镇,受到了陕北红军的热烈欢迎。一年之后,三大主力红军在甘肃会宁胜利会师。又一个月之后,三大主力红军联合作战,在甘肃环县的山城堡打响了长征的最后一仗,取得了彻底的胜利,红军在陕甘地区站稳了脚跟。再过将近一年,红军经过整编以后,开赴抗日前线,实现了北上抗日的愿望。

2011年,当我又一次站在六盘山上,回望1935年,仍然思绪联翻。当年当局者必欲置之死地而后快的一支革命队伍,迫不得已撤离千辛万苦创建的根据地,每天在枪林弹雨中穿梭,在炮火烟幕中突围,从南方到北方,一路转战,其他的根据地也都丧失殆尽,连一块可以歇一下脚的地方也没有,队伍已经损失大半,还要面临内部的许多斗争分裂,作为这支队伍的领头人怎能不忧心如焚。在获知陕甘红军的消息后,又顺利登上进入陕甘的最后一座高峰,二万五千里长征的落脚点就在眼前,毛泽东怎能不豪情万丈、一抒胸臆?《清平乐·六盘山》因此诞生!六盘山也因此在中国革命的历史上留下了浓浓的诗意。

《甘肃日报》2011年8月1日,获该报征文三等奖

鱼和水的共同革命

1934年11月7日,在偏僻的陕甘交界地区、甘肃省庆阳市华池县南梁乡一座古老的堡子——荔园堡,发生了一件前所未有的大事情:陕甘边苏维埃政府宣告成立。经过工农兵、妇女等各界代表民主选举,年仅二十一岁的习仲勋当选为苏维埃政府主席,当地的两名贫苦农民当选为副主席。

在地瘠民贫、人烟稀少的南梁,老百姓见过走马灯似的更换的地方老爷,见过横征暴敛的官员,见过烧杀抢掠的兵匪,从没有见过自己可以"红豆豆,黑豆豆"选举当家人,从没有想过自己也可以当家。历史没有记载那一天的天气,但是可以想象,西北的冬天、西北一片原始森林里的冬天,一定是凛冽而寒冷的。同样也可以想象,在火红的旗帜辉映下,老百姓心里的天,是解放区的天,是晴朗的天,老百姓的笑容是阳光而灿烂的。

生活在这个偏僻闭塞、连一所学校也没有的地方,老百姓不熟悉马列主义,不熟悉苏维埃,从来都是祈求有一个青天大老爷为小老百姓做主,从来没有过"民主"。但他们熟悉刘志丹,熟悉习仲勋。刘志丹就是那个四年前在距南梁不远的合水县太白镇发动起义、带领穷人打祸害百姓的土匪恶霸的刘志丹,是那个和他们一样穿光板羊皮袄、一起睡土炕、吃荞面、钻梢林的刘志丹,是老人孩子都称作老刘的陕北后生;习仲勋就是一团笑脸,整天东家进、西家出,摸摸这家炕热不热、看看那家囤里的粮够不够吃,给穷苦百姓分田、分粮的习仲勋,

独屋里的灯
DUWULIDEDENG

就是那个见了年长的人热热乎乎叫干爹、干娘,见了年幼的拉住手问长问短的关中娃娃;都是比亲人还亲的人,是和他们一样的人。所以,他们来了总是要争着抢着拉进自己家,总是要把土炕烧得热热的,总是要把最好吃的端出来。他们不熟悉那个叫"苏维埃"的政府,但他们知道那是为老百姓办事的地方,是老百姓随便可以出入、也可以坐镇的"衙门"。

刘志丹、习仲勋这些人,确实和当地老百姓一样,他们从小就饱受官僚的盘剥,兵匪的欺凌,亲眼看见社会的不公,人间的不平,深知老百姓的水深火热。所不同的是,他们都上过学,上学的时候幸运地遇到了"德先生""赛先生",听到了十月革命的炮响,他们在受苦受难的老百姓中率先觉醒了,站出来了,并且高高地扬起自己的手臂。

这些有知识、有文化、有思想的年轻人,从陕北、从关中来到陇东,为什么能够很快就和当地尚处于蒙昧状态的群众建立起亲人般的关系?这块偏处西北一隅的革命根据地,为什么能够不断得到扩大,并且成为国内革命战争后期全国硕果仅存的根据地,最终为红军的长征提供了落脚点和北上抗日的出发点?

七十多年后,许多来到陕甘边苏维埃政府旧址凭吊瞻仰的人,心中都盘桓着这样一个问号,这个问号也曾一直横亘在我的心中。在拍摄反映陕甘边革命历史纪录片的过程中,我查阅了大量的文献资料,几乎踏访了陕甘边革命根据地的所有区域,采访过许多老红军、老革命,以及他们的亲属,终于打开了心中的问号,因为这是一场鱼和水的共同革命。

毛泽东在早年投身革命时,就将革命者与人民群众比喻为鱼儿与水的关系。刘志丹、习仲勋正是将自己投入到人民群众的汪洋大海中,所以才能海阔凭鱼跃。我在采访刘志丹的女儿刘力贞时,这位八十多岁的老人清楚地告诉了我她父亲的一件往事:当年红二十六军一个连行军来到一个只有三四户人家的小村子,连长想这么小一个村子,肯定住不下。正好刘志丹在场,就告诉他说:"你去吧,那个村子保险住得下。那村里有多少户,房子多少间,锅多少口,炕多少个,我心里都有数,你们到那里去,煮饭睡觉都不成问题。"连长去一看一数,丝毫不差。我最近读到项小米发表在《人民文学》2011年第五期上的文章《曾经有过这样一群人》,才知道这个连长就是共和国少将孔令甫,所回忆的事实也是丝毫不差。就像鱼儿熟悉水一样,刘志丹对陕甘边地区的每一道山梁、每一块梢林、每一条小路熟悉得就像自己掌上的纹路,真是了如指掌。所以,面对国民党军队多次来势汹汹、重兵压境的围剿,都能游刃有余、化险为夷,消灭反动势力,壮大革命队伍,扩大革命根据地。

　　作为水的不仅是这里的山川土地,更有这里的人民群众。刘志丹的队伍来了,"快把那亲人迎进来""热腾腾的油糕端上来";敌人来了同仇敌忾,坚壁清野,即使家园被毁,掘坟杀头,也无所畏惧。小小的南梁,在敌人的一次清剿中,就曾被活埋二十多人。习仲勋几次身受重伤,都是老百姓把他藏在家里,偷偷请医生疗伤,拿出家里最好的东西补养将息,从死亡线上生拉硬拽回来。刘志丹牺牲以后,在运送他的灵柩回归故里的途中,群众泣血顿首,沿途祭拜,悲伤不已。三大红军主力会宁会师以后,第一次在环县联合作战,这也是红军长征的最后一仗,彭德怀亲任总指挥,指挥部就设在环县一个农户家里。这家的主人外出办事,发现一股敌人正在向这里开进,立即返身,一口气翻山越岭跑了一百多里报告了消息,指挥部安全转移,避免了一场重大灾难。

　　鱼游在水里,所以鱼最熟悉水。陕甘边苏维埃政府成立以后,习仲勋深入细致地调查研究,广泛地征求群众意见,主持制定的边区十大政策,因为符合当地实际,符合广大人民群众的利益,使这个荒凉之地,一时间变成了一座繁华小镇,出现了"长枪短枪马拐枪,跟上哥哥上南梁;你骑骡子我骑马,剩下毛驴驮娃娃"的景象,群众扶老携幼、举家迁往根据地。马锡五一直跟随刘志丹做军需,在陕甘宁边区时期曾任陕甘宁高等法院陇东分庭庭长。华池姑娘封芝琴因为不满包办婚姻，又不服基层法庭的判决，从华池徒步来到百里之外的庆阳，找到马锡五申诉。马锡五听了情况以后，骑着马从庆阳出发，一路走，一路了解情况，听取群众意见；到华池以后，召开群众大会，做出了令所有人心服口服的判决。这就是著名的"封芝琴抗婚案"，解放后因评剧电影《刘巧儿》名扬全国。由此形成的"马锡五审判方式"，至今仍在我国的司法实际中运用。马锡五文化程度不高，他当时也没有系统地学习过法律，他所依靠的仍然是对水的熟悉。

鱼儿离不开水，离开水的鱼无法生存。毛泽东曾称赞习仲勋是"从群众中走出的群众领袖"。1943年1月，毛泽东给时任陇东地委书记的马文瑞题词"密切联系群众"，给时任陇东专署专员的马锡五题词"一刻也不离开群众"，给时任华池县县长的李培福题词"面向群众"，这是对陇东革命老区经验的总结，也是对陇东干部的鼓励、鞭策。水也离不开鱼，离开鱼的水就是一潭死水。1943年11月，陕甘宁边区政府在延安召开劳动英雄表彰大会，29日，毛泽东接见十七位劳动英雄。一位老英雄走近毛泽东，紧紧搂住毛泽东的肩膀，沾着口沫的胡须因兴奋而颤动。他说："大翻身哪！有了吃，有了穿，账也还了，地也赎了，牛也有了，这都是你给的。没有你，我们这些穷汉子趴在地下，一辈子也站不起来！"接着脱口唱出了《咱们的领袖毛泽东》。这位劳动英雄就是来自陇东曲子县（今庆阳市环县）的大字不识的农民孙万福。不识字的农民，脱口就唱出一首经典的歌。同样不识字的正宁县农民汪庭有编唱出了歌颂领袖的歌曲《绣金匾》。这样的歌不是写出来的，甚至也不是唱出来的，是从老区翻身农民的心里飞出来的。当时已经是共产党最高领导人的毛泽东并没有因为被这个胡须沾着口沫的农民搂着肩膀而以为忤，而是同样的高兴。因为从这张开的臂膀，他看到了一片广阔的水域，从这敞开的胸怀，看到了共产党人可以无限畅游、翻江倒海的水！

《飞天》2011年7月

环县一日行

晨起,我们在环县宾馆听到罗山乡发生特大塌方事故的消息,立即随同县领导前往出事地点采访。

汽车从一派春天盛景的川区柏油大道,拐上通向罗山的山间土路,眼前的景象,也迥然不同了。山,莽莽苍苍,高深莫测;路,坎坎坷坷,漫无尽头。虽然清明已过,但由于干旱,土地干焦,山上没有一点绿意,馒头形的山峁,绵延毗连,一派灰黄。蜿蜒崎岖的路,如缠在山腰的灰色布带。路上浮土盈寸,车过之处,黄尘遮天蔽日。间隔好远的地方,才能看见山坳里几棵稀疏的树木,树木下散落着几户人家。

汽车颠簸得厉害,但我们不敢抱怨,因为我们已经知道,就是为了这样的乡村土路,已经有十位农民献出了生命。同车的环县县长卢建敏说,环县地广人稀,为了修哪怕一里的路,也要付出比平原上多出数十倍的心血和汗水。由于土质疏松,一场暴雨,就会使原本好端端的路,彻底毁坏。但环县人不靠国家出资,自己投工投劳,修了毁,毁了修,就是靠这种锲而不舍、愚公移山的精神,硬是打通了通向外面世界的公路。汽车通到了每个乡上,又逐渐可以开到每个村、每个组。

到了事故现场,一摊黄土,像一个休止符,一条曲折延伸的路,到此打住。山无言,人无语,风呜呜地吹着,不时卷起一层土雾,试图努力掩饰这残酷的场面。

更残酷的场面,还在死者的家里。全村只有十三户人,为了修

独屋里的灯
DUWULIDEDENG

路,一次死亡十人,简直是灭顶之灾。队长魏文生和他的儿子、侄女同时遇难,六十五岁高龄的老母、将要临产的儿媳、痛不欲生的妻子,三代寡妇一个家,全家哭得声哑气噎,惨象目不忍睹。另一个遇难村民,留下瘫痪在床的妻子和两个年幼的孩子,日后的生活真是不敢想象。面对这种景象,我们的心在颤抖,灵魂在震荡!

返回的途中,我们遇见一伙农民,他们今天凌晨才把死者从土里刨出来,抬回了家,这会儿带着干粮,又在修路。路,路,付出了生命代价的路,比生命还要重要的路!艰难求生的环县人,我要向你们深深地致敬!

车沿着山弯寻路前行,突然陷入了河边的淤泥中,此时已是夜里十点,惨淡的月在小河里反射出破碎的光,车上的人一筹莫展。附近的农民闻讯,主动拿着铁锨、镢头,从山坳里跑出来,刨土铲泥,肩拉手抬,一会儿就把车放到了正道上。当县长向他们表示感谢,并请他们到了县上就到县政府来的时候,他们搓着粗糙的手,不好意思地笑着。好像是因为他们麻烦别人感谢了一次一样。

车继续前行,马上就要走上柏油大道、回到县城了。我们的心更加不平静,思索着用什么样的语言,才能写出留在心中的环县人民!

《甘肃日报》1995年8月6日

"一二一",齐步走

在环县山区采访过几次之后,便对那里的人民产生了深切地挂念之情,犹如对自己的父兄一样深切地挂念。

环县地处陇东黄土高原与毛乌苏沙漠交界之处,长期干旱少雨,地下水储量有限,而且许多地表径流水和地下水都是苦水,涩口难咽。由于含氟量大,饮用后出现大黄牙、大骨节病、佝偻病等疾病,并影响智力发育。所以,人畜饮水一直是环县人民生活的一大难题。尤其是遇着1995年的特大干旱,环县绵延不断的群山中竟看不到多少绿色,到处都是干燥的黄土,甚至能闻到一股焦煳的气味。北部山区十几万人、几十万头牲畜面临着绝水的危险。为了挑到一担水,要跑到六七十里地之外,排上一整天的队。一碗水全家人洗几天脸,洗过之后还不能倒,还要供羊畜饮用。有些人举家迁移到有水的地方去,这叫作逃水荒。为了得到一点点滋润,羊用蹄子刨开干土,找寻深处的草根。

当我坐在西峰的高楼上,饮用着洁净的自来水和清凉饮料时,心中无时不在牵挂着干旱煎熬中的环县人民。

1995年6月,正是干旱最严重的时候,我又一次来到了环县。看到环县山区农民那干裂的嘴唇、焦渴的眼神,我的心深深地痛着,宾馆里面的饭让我也难以安然下咽。

一场大雨,旱情得到了缓解,却使许多道路断毁、房屋倒塌,几位农民也死于非命。多灾多难的环县人民啊,噩耗一次次猛揪着我的心。

独屋里的灯

大旱是灾难,也是教训。大旱之后,政府和群众都在思索,都在寻找干旱山区群众的生存出路。深秋季节,我再次来到环县。环县的山岔沟垴之间,到处都呈现出一派繁忙的景象。拉运水泥、修筑雨水集流场、打水窖,"一二一"雨水集流工程正在这里紧张地铺开。

县水利局的负责人告诉我,省上今年拨给环县"一二一"雨水集流工程款七百二十万元,可解决一万八千户的人畜饮水问题,真是一件令人欣喜的大好事。环县人喜悦的心情不但溢于言表,而且付诸行动。在山城乡丰台村一户农民两口水窖的青石板盖上,刻着这样的诗句:"党为人民把好事办,干旱山区造水源,一场两窖一亩经济田,一二一工程好得说不完;上级领导很重视,一户两口水泥窖,九五是个干旱年,工人干部把款捐。"诗句谈不上优美,字体也够不上漂亮,甚至还有个别错别字,但一笔一划刻在这青石板上的,却是干旱山区农民真正的心声。这令人想起刻在江西瑞金那口红井上的"吃水不忘挖井人,时刻想念毛主席"的话,令人想起就在这块热土上土生土长的农民诗人孙万福那深情的歌唱:"边区的太阳红又红,来了咱们的领袖毛泽东……"

"一二一"是一个造福干旱地区人民工程的名字,也是一个队列训练的常用口令,愿这项工程的实施,让干旱地区的人民同全国人民一道,"一二一"齐步走,共同踏上致富奔小康之路。

《甘肃日报》1996 年 4 月 14 日

兴隆山记雨

再次去兴隆山的时候，兜头就是一场大雨。

山里的雨，真是来势迅猛。驱车千里，一路都是烈日炎炎，晴空万里，刚刚拐上通向兴隆山的路，风云突变，猛乍乍地就下起雨来了。进到沟口，雨势更加迫急，伴随着轰隆隆的雷声，雨点噼噼啪啪，时而还夹杂着乒乒乓乓的声音敲击着车窗，犹如战鼓督催着千军万马在疾行。让人猛然想起，这座陇右名山曾是策马驰骋的将军成吉思汗的安息之地。

两山夹峙中蜿蜒蛇行的山道上，顺势而下的雨水，已经铺成了厚厚的一层，密集的雨点击落下来，溅起一路缭绕的雨雾。两侧的山峰上，也是云遮雾罩，迷迷蒙蒙，更有一种仙山灵气。

披雨破雾，缘山上行，直抵山巅间平缓的河谷处一个避暑山庄，就到了此行的下榻之处。

这个山庄可谓名副其实。进了山门以后，一路下行的通道两旁，灰瓦白墙上，一个个小圆洞门，通向一处处小院落。院落里几间简朴的瓦房，房前还有红砖围起的小园子，种几样普通的菜蔬和花草。整个山庄就像一个小村落，一座院子就是一处农舍。站在廊檐之下，透过挂在檐上的雨帘，远望雨中的群山，竟也有了农人一样闲适恬淡的心境，悠悠地想起了多年前的一些往事。

第一次上兴隆山的时候，是二十年前。那是上世纪八十年代初期，正是诗潮汹涌的时候，大学校园里走着的差不多个个都是诗人。

独屋里的灯

我们那个大学当时只有四百多名学生,两辆大轿子车,一次拉一百多名诗社社员上兴隆山,一路歌着,笑着,差不多是一口气蹦上山顶,围坐在一起,即兴赋诗,应景唱和,放声朗诵。那澎湃的热血、奔放的激情、张扬的个性,就像这山间的急雨,酣畅淋漓,挥洒自如。而二十年后的心情,正是此时站在雨帘后看雨的心情。诗的感觉或许还有一点,但更多了一些田园的淡泊,少了一些少年的狂热。

下雨的天,总是黑得早些,尤其是在山间,才七点,夜色就已经朦胧了。山庄的主人或许是想,要回归自然索性就回归得彻底一些吧,房间里连电视也没有;受雷雨的影响,电也停了。摇曳的烛光下,一个人静静地抱膝独坐,听窗外连绵的雨声。仿佛天地之间,茫茫之中,唯此一人;仿佛潺潺的雨声,是宇宙的谶语,冥冥中让人参悟。

原本想这雷雨来得急,去得也急,不曾想它却缠绵了起来,急一阵,缓一阵,稀里哗啦、淅淅沥沥下个不停。初夏季节,暑气未盛,让这阴雨一浇,寒气顿生,在这避暑山庄,夏装出行的人们,个个冷得发抖,却无处避寒。开会的地方,是建在山间溪流之上的一个大厅,头顶上是唰唰的冷雨,脚底下是哗哗的水流,更让人感到寒彻心骨。参会的男男女女,也顾不得仪表形象了,也不管摄像机的镜头,一个个裹着床上的红毛毯缩着脖子坐在会议室,像一群喇嘛在念经。

兴隆山好像有意要向人们展示她多姿多彩又多情多意的一面,好像哗啦一下扯去了一块帷幕。第三天一大早,阴霾尽散,碧空如洗,红日高挂。摘去云雾的面纱后,在初阳的照射下,满目欲滴的青翠,连林间的鸟鸣也像挂在松针上的露珠,晶莹圆润。"空山新雨后",扑面而来的清新,足可以荡涤万顷尘埃;山间的溪流,顺势而下,喷珠溅玉之声,更增添了山的清幽。放眼望去,不远的山头上竟白茫茫的一片。雨后的兴隆山,显得更加姿态万千、清爽怡人。会议已经结束,一行人便走出山庄,告别自然的兴隆,急急地去寻找人文的兴隆。喜好险峻峭拔的登西山,爱好访古探幽的爬东山。西山本名栖云山,东山原称兴龙山,两山之间有一桥相连,名云龙桥,又名握桥。

这握桥之名,极形象,极生动,极传神。一桥连两山,有使两山相握之意;桥形如弓,状如半握之拳,故名握桥。从东西二山下来的人,在握桥桥头,紧紧相握之后,带着兴隆山的雨和雨后的清新踏上了归程。

《陇东报》2007年6月14日

独屋里的灯
DUWULIDEDENG

第一次远游

平生四十年,走了数万里。最难忘的还是第一次远游。

那是1985年,我还在上大学,临近放暑假的时候,在家乡师专工作的哥,就是现在颇为著名的马步升突然造访。他也没说有什么事,我就忙着考试,他整天躺在我的床上看《七剑下天山》之类的武侠小说。我试考完了,他的书也看完了。俩人就说出去走走吧。也不知要走哪里去,带着简单的行囊就到了兰州火车站。刚好有去西宁的车,买了两张硬座票上了车。兰州离西宁不远,但到站已是黄昏。人生地不熟,就近在车站对面的浴池登了记。一间挺大的房子,中间是一个大水池,一侧是火车座一样、两两相对的一长排椅子,白天接浴客,晚上接旅客。就这样的"宾馆",不一会儿也告客满。住在我们隔壁的是一家藏族人,穿着藏袍,操着藏语,坐稳以后男人便从藏袍前胸的位置掏出大块带骨头的肉,一家男女长幼分而食之。当时我们没有感觉住宿的简陋,也没感觉藏人生活的奇异,只觉得新鲜。新鲜是年轻人最大的动力。

第二天一大早,又奔西宁火车站。当时往西去的只有一趟车,终点是格尔木。因为没有多少钱,也因不想去城市,只想去草原、住牧民家,感受藏族生活,却没有明确的目标,在火车上,就专找穿藏袍的搭话。有的不懂汉语,有的懂也不愿接茬,很戒备的样子。好不容易搭上一个藏族老人,在做了充分铺垫之后,才提出了我们的要求。老人一口回绝。他说不是不愿接受,而是现在的人太复杂,又举出几个例子予以说明。我们又是身份证,又是工作证、学生证,再加一箩筐

第一次远游

一箩筐的好话，善良的老人终于答应了。到青海湖站，我们随老人下了车。那时候的青海湖站，荒凉寥落，一大片空的土地上，到处都是马粪、牛粪，中间只点缀着几个卖湟鱼的人，再也没有任何旅游服务设施。等了不多一会儿，我们随老人又上了另一列火车。这是我迄今为止坐过的最独特的火车。没有站台，也没有上车的短梯，只有两节车厢，上面全是木条椅，也不卖票。运行了大约一个多小时，走到了这条铁路的尽头。

下车之后，老人说他家不远了，就在前面那个山头的后面。老人是个寡言的人，我们把该说的话也都搜肠刮肚地说了，便沉默着，老人前面走着，我俩后面远远跟着。没想到草原的路，恐怕是用奔马的速度衡量的，近，其实也足够远。一个小山包之后又是一个，老人所说的他家前面那个山头其实还在许多个山头之后。步行又是一个多小时之后，终于到了老人的家。

老人的家不是我们想象的那种帐篷毡房，而是两间土坯房，而且也是高度汉化了的藏族人家。家里有摩托车、铁皮火炉；儿子在西宁工作；从墙上挂的照片看，老人还在北京参加过民族团结进步的会议。这一点虽然有点令我们失望，但也确实带来了不少方便。到家以后，一家人都非常热情，女主人立即在火炉中点燃干牛粪，烧起酥油茶，晚饭就是酥油茶拌炒面。一个很小的木碗，盛得满满的炒面，学着主人的样子，浇酥油茶，左手端碗，右手在碗中抓着炒面一旋一旋。看似动作都对，可还是旋不到一块儿，还撒了不少，主人便替我们做。三旋两旋，就成了光溜溜的一整块，捏到手里，边吃边喝酥油茶，这便是我们第一顿真正的藏餐。

吃完饭，在老人儿子的带领下立即奔赴牧场。那时候的牧场，真是芳草连天，碧绿如茵，盈尺的绿草，覆盖着大地。一群群绵羊、一群群骏马、一群群牦牛，与蓝天、白云、芳草融为一体。主人牵来一匹最年老、最老实的马，让我们体验了一下策马奔驰草原的感觉。

晚上与老人的儿子一起睡在土坯房的土炕上，真是万籁俱静。月光如水，平生再没见过那样静的夜晚，那样纯的夜色。尽管是盛夏

独屋里的灯
DUWULIDEDENG

七月,草原的夜还是凉意瑟瑟,身上盖着棉被,棉被上压着羊皮大衣,仍然难抵寒冷。

第二天一早,走出土坯房,阳光灿烂明媚,露珠挂在草尖上,晶莹剔透,一条清澈的小河,从绿草之中蜿蜒而过。只有在这里,只有这个时候,才能体会什么是水草丰美、天地澄澈。

那次远游,没有计划,没有目的,只有少年意气和一本简易的地图册。老人家远离城镇,也没有公共交通,不远处有一条简易公路,不时有拉煤的卡车经过。早饭后,老人的儿子便带我们到公路上拦车。坐在公路旁的草地上,凉风飕飕,阳光灼灼,一种全身凛冽而又刺热的感觉。两个小时后,终于有一辆卡车经过,我们没问他要去哪里,也不知道自己要去哪里,只觉得只要走,就是我们的目的。颠簸了两个小时,到了一个小镇,卡车到了目的地。小镇那天好像逢集,高低不平的土街上,熙来攘往的人,两旁花花绿绿的布匹、皮货、马具,完全是一种异域的感觉。我俩在人们好奇的目光中在街道上盲目地走了一圈,又搭上了一辆即将启动的卡车。

乘坐这辆车,我们到达了一个叫墨勒的小镇。在这里我们打听到驻着一个甘肃张掖的运输车队,三天会有一辆车从张掖来送汽油、生活用品,次日返回,当天刚走;而这里每五天一趟的班车,也是当天刚走。我们决定等那辆张掖的生活车,就找到镇上唯一的一家旅馆住了下来。

我俩是这家旅馆仅有的客人,也可能是很久以来独有的客人。房间床单上的灰尘足有一铜钱厚,抖去灰尘床单已脏得分辨不出颜色。镇上没有饭馆,开旅馆的是一对母女,汉族人,女儿十七八岁的样子,极其漂亮。母女俩同时开着一个小杂货店,可吃的只有方便面。我们就拿了一些方便面,店主人给了我们一只铁锅,我们便在房间的生铁炉子上点着劈柴做饭。劈柴非常充裕,只是由于海拔太高,烧不到九十度的开水,方便面老也煮不烂。

吃过饭,我俩立即爬上了周围的山,狂呼乱叫,左蹦右跳。黄昏时下山,迎面走过来一个警察,一番盘问、查验证件之后,警察说,你俩也太胆大了，山上有熊知道吗？外面来人要上山，都要我们骑着马拿着枪保护，就这前一段时间还有一个人被咬伤了。马步升满不在乎地说，我们不怕，我们有武功。不过是自我安慰罢了，两个手无缚鸡之力的书生，除过一腔热血，还有个什么功？

在这个小镇上，每天随心所欲地游荡在草原、河流、帐篷之间，饿了煮方便面充饥，晚上烧劈柴御寒，无所事事，又悠然自得。到了第三天傍晚，那辆生活车终于姗姗地来了。没想到的是，在异地它乡，在草原牧区，只要想搭哪辆车就能搭上，遇着同族同乡了反倒极其困难，任你如何好言好语、恳切求情，还有他们同事帮腔，总是不答应。无奈，凌晨三点多钟，我俩就起床，从旅馆到车队的驻地大约还有一千米的距离。月光朦胧，薄雾迷离，青山如黛，大地若画，如诗如梦，如果不是藏犬的狂吠，简直就是天界仙境。而正是这藏犬的狂吠，让人感到恐惧惶悚。我俩便一手攥一把在藏区买的三寸长的藏刀，一手捏一块石头，背靠背做防御状，一步一挪来到车队的驻地。这个时候，他们还都在酣睡，又冷又怕的我们蜷缩在门外烧水的锅台下，借着锅底灰烬的余热，挨到七点多。他们洗漱早餐结束，待司机拉开车门，我们候一下蹿了上去。他也无奈了，我们成功了。

这一路一直在祁连山脚下绕行。连绵的山峦之上，是终年不化的积雪，山脚下的草场，在祁连山丰沛的雪水滋润下，丰润如绿色的草状的水，人要是走上去，肯定是一脚窝一脚窝的清水。羊群在草地上，如白云飘过天空；白云从天空飘过，如羊群漫步在草地。天如地，地如天，静谧如原初，漫长的公路上，唯一的我们的这辆汽车也不过像是一匹奔驰的骏马或牦牛，别无人迹，那羊群像是原本生长在这里一样，也不见牧羊人。阳光就是天空的语言，野花就是草地的语言，阳光下花朵静静地开放，花朵映照太阳的笑脸，就是天与地的交流与对话。

一整天的行程不算短，但对我们却没有漫长的感觉。因这一路的风景，这第一次远行的独特。

2006年11月10日

独屋里的灯

冬游记（七篇）

前　记

　　平生也曾有过多次远游，但回想起来，竟没有一次是在冬天。在今年这个冬天，机缘巧合，有了一次四川的冬季之旅。我曾从水、陆、空不同的途径去过四川，也游览了四川大多数的名胜古迹，而这一次是自驾车出行，又是在冬天这个特别的季节，所以更深切地感受了这个地方、这个地方的人，印象更为深刻，感慨也更多。诸多的感受容我略加梳理之后慢慢道来，是为前记。

穿越秦岭

　　秦岭是我国南北的分水岭，与我所处之地相距不远。华山南接秦岭，北瞰黄渭。小时候通过电影《智取华山》就知道"自古华山一条路"，正因为太近，总觉得机会很多，所以多次绕山脚而过，却总没有踏访过这座天下名山。对于秦岭，也曾在数次飞掠而过中俯瞰过，通过晃动的车窗仰望过，而这一次，是一次真正的腹地穿越，也是一次从北到南的地理跨越。车出陕西周至县城不久就进入了秦岭，几乎没有任何过渡，一座座巍峨的石山就扑面而来。也许正因为是南北分水岭的缘故，秦岭兼具了北方粗犷、南方柔润的气质。山体气势磅礴，陡然耸立，连绵不断，一路铺排开去，如波涛之汹涌，恶浪之滚滚，一派豪迈之气;而峭岩断壁之上覆满了灌木的丛林,山脚之下,一脉清凌凌的溪水潺潺流过,在宽阔的山谷又聚成漾漾的一泓;尽管是午后,山峦间也常常氤氲起一团薄雾,与山巅皑皑的积雪、天空如絮的白云连成一体,让人不知道哪片白是雾,哪片白是雪,哪片白又是云,又是一派柔媚的景象。如果说山顶是北、山脚是南,山顶是冬、山脚是秋的话,山腰就是南与北、秋与冬的融合与过渡,草木萧瑟如北方之冬,层林尽染却似南方之秋。这就是秦岭,分开中国南北的秦岭,分开南北冷暖的秦岭,却分不清自身南北冷暖的秦岭。

不穿越秦岭,永远不知秦岭之博大;不穿越秦岭,永远不知秦岭之艰险。秦岭的山,数是数不过来的,其数量之多只好用十万大山模糊地概括,而十万大山连绵构成的秦岭,以广阔的胸怀为大熊猫、朱鹮这些濒临灭绝的动物提供着最后的乐园,也为广袤的成都平原遮挡着凛冽的西北风。秦岭的山与山之间,山头遥遥相望,山脚紧紧相连,要穿越秦岭,便只好在悬崖绝壁上开出一条路来。这样的路,缠山而过,其宽仅容两车相错,一侧紧贴绝壁,一侧面临深谷,从一座山转到另一座山,就是一道接近九十度的硬转弯,山上还不时有飞石落下,常常让人惊魂难定。驱车行进在这样的路上,我一直在想,川人李白当年骑一头毛驴是怎样穿越秦岭到达国都长安的?河南人杜甫在国都失意以后又是怎样穿越秦岭入川的?一路崎岖颠簸、栉风沐雨自不必说,难道真的是风餐露宿度过了这漫长的行程?也许正因为饱受艰辛才有《蜀道难》传世,而坐在轿车上穿越秦岭的在下,就只好写下这样拙劣的文字以为纪行。

感受成都

如果说四川是天府之国,处于冲积平原的成都则是天府中的天府。

成都处在四川盆地的盆底,四周的崇山峻岭为它遮挡了凛冽的寒风,良好的生态和植被又为它送来充沛的雨量,河流冲刷淤积形成

独屋里的灯
DUWULIDEDENG

的土地平坦肥沃,在农业经济时代,便形成一个天然的富庶之地。由于崇山峻岭的包围所形成的天然屏障,造成"蜀道难,难于上青天"的进出畏途,从而得以较多地避免战火兵燹的侵扰,保持长久的安宁富庶。所以才有了古蜀国的文明,所以当唐玄宗遭受安史之乱时,才会选择入蜀避难。而当郭子仪平息叛乱、收复长安之后,玄宗竟然有点"乐不思秦",对成都依依不舍了。

　　人到异乡,游历它的山川,观览它的文化古迹,饱餐它的美食小吃,体味它的风土人情,都是了解这个地方的途径,而身处此地,读有关此地的史志杂书,又是另一种体验,这种旅途中的阅读与书斋中的阅读完全是不同的感受。这次在成都,没事的时候,我就待在宾馆,读一本叫《成都的故事》的书。书中讲到这样两件事:第一件人们比较熟悉,是关于蜀汉后主刘禅刘阿斗的,当魏国大将邓艾兵临城下时,刘禅反绑双手、背上还绑上一根木棍,出城投降。魏国的士兵见着蜀汉皇帝可怜兮兮的样子,都笑得前仰后合,后来更是闹出了让司马昭笑断肚肠的"乐不思蜀"的事情。另一件事发生在后蜀时期,蜀主孟昶不在城头设置碉楼工事,摆放滚木礌石、刀枪剑钺,而是栽满了"四十里如锦绣"的芙蓉花,成都从此有了锦城、芙蓉城的美名。当北宋军队不费吹灰之力攻下成都城以后,大宋的士兵们望着城头上栽种的大片大片的芙蓉花,都笑得直不起腰来!

　　如果单从军事的角度来看,蜀汉和后蜀缺乏防御意识和力量,导致了亡国的结局;从男人的角度来看,刘禅和孟昶都少了一些阳刚和雄风,成了亡国之君。可是要从人的生存和发展来看,他们的懦弱和不抵抗又何尝不是对生民和江山的保护呢?试想一下,人人都像秦始皇,横扫八方,吞并六国,一统江山;人人都像项羽刘邦,征战杀伐,你死我活,双雄争霸;人人都像魏蜀吴,今天水淹,明天火烧,三足鼎立,一足难稳,这江山恐怕永远只能是一片焦土,这生民恐怕早都成了游魂。在我们赞赏那开国雄风、霸王基业的时候,这些历史上的英雄,哪一个不是在为自己抢一把龙椅,或保住一把龙椅,谁真正是为了江山社稷、黎民百姓？为了一个人的江山，多少黎民百姓贡献了粮食、布匹、牛羊、柴火乃至生命，而他们的后人们竟然现在还在呕心沥血地歌颂这些嗜血而自私的"英雄"们，还在传扬着"大丈夫当如此""彼可取而代之"之类的"雄心壮志"。从这个角度看，刘禅、孟昶才是真正爱国爱民的君王。无力抵抗，就放弃抵抗，生灵免遭涂炭；既已被俘，装疯卖傻，自身受辱，换得故土安宁；和平时期，墙头栽满芙蓉，让群众过上舒心美好的生活，免得那些刀枪剑钺让民众心生惶恐；战争打响，反正侵略者要的是君主的椅子和疆土，黎民还是黎民，百姓还是百姓。因为这些战争基本上都是同族中的同室操戈，而不是民族大义上的抵御外侮。

通过踏访蜀地山川，阅读蜀地历史和对历史的思考，我觉得我逐渐触摸到了成都的精神了。盆地让人封闭自守，富庶让人安逸逍遥。安逸自守是成都人传承千年的生活状态。看看现在的成都，那么丰富而又廉价的美食，饱餐之后，泡进茶馆，摆龙门阵，打麻将，看川戏，多么逍遥自在的生活。作为男人，还有芙蓉花一样的天府美女。我觉得北京是有权者的城市，上海是有钱人的城市，而成都是老百姓的城市。联合国把成都列为最适宜人类居住的地方，不知道有没有包含我所感受的这些内容？

冬日九寨

孔老先生，也就是行二的那个丘，曾长期奔走于诸侯之间，虽然叫游说，为了兜售他的政治主张，实际上也是旅游的一种形式，就像当今把公款旅游也叫开会一样。平日里，丘先生"惶惶如丧家之犬"，可能不大会思考旅游这个当时还不很景气的产业，当他"困于蔡""厄于陈"时，有点闲，可能在回顾总结游说的经验教训的同时，会顺便回想一下旅游过的地方，于是他的弟子们记录下了这么一句"论语"："仁者乐山，智者乐水"。九寨沟是一个山清水秀的地方，于是也就成了仁者智者蜂拥而至的旅游胜地。我非仁非智，十年前的春天去了

独屋里的灯
DUWULIDEDENG

一次,今年的冬天又走了一遭。春天是萌发的季节,草木萌发,欲望情感萌发,所以莺飞草长,所以伤春、思春,所以"一枝红杏出墙来",所以中国人自古就有春游的传统。那次春游九寨,好山好水都遭到了仁者智者的覆盖,什么七彩池、孔雀池、诺日朗、珍珠滩,都被穿着藏袍照相的人围拢了,叽叽喳喳,南腔北调,喧喧闹闹。我就想不通,置身在如此活的美景当中,不好好欣赏,为什么非要争着抢着把它定格在相机里,变成死的图片?要欣赏图片,欣赏专业摄影师的作品就行了,何必千里奔波?再说了,照相就照相,何必非要穿上藏袍装模作样,难道就因为这里有九个藏族村寨、是藏胞生活过的地方,只有这样,才具风情?要这样说,这里肯定曾有狼虫虎豹生活,何不穿着兽皮也照它几张?正因为这些仁者智者的拥拥挤挤,那次春游并没有给我留下多少深刻的印象。

冬日的九寨,宁静了许多。一大清早进山,游人极少,寒冷的气候,拒绝了许多赶热闹的人,少了尘世的烦嚣,使九寨更接近它的本来面目。眺望远山,白雪皑皑,静静地衬映着清晨的阳光。山峦间,白雾蒙蒙,没有了那种浮躁的缭绕,只是静静的一团,像是从天空失足的一朵白云。山坡上的树,也是静静的,寒冷也没有使它们的叶子抖动一下。山间的溪水,尽管仍然喷珠溅玉,珍珠滩仍然是珍珠流淌,诺日朗继续着英雄的梦想,但也少了那种狂放和恣肆,喷溅而起的水雾,就是九寨冬日的早晨清洌的气息,让人不禁去大口地吞咽,就这一点飞扬,这一点激荡,也让一百二十海子顿时化为静静的一潭。九寨的海子,是九寨的魂灵,只有在阳光的照射下,九寨才是多彩的九寨,海子才是有神韵的魂灵。由于阳光还在下山的路上,海子都在山的阴影之中,看不出什么孔雀、老虎、箭竹的样子,但安详静谧,更显深邃,又是它另一种风韵。

朋友说:九寨沟应该去四次,春夏秋冬各去一次,才可以领略它不同的美。我已经去过两次了,说实话,一点儿也没感受到传说中和想象中的美。就是一些山,一些水,若不是遭到人的践踏,九寨沟之外的世界到处都应有这样的美景。因为它偏僻闭塞,所以才保存到现在,而现在它正在遭受着同样的践踏。冬日的九寨,尽管少了人的烦嚣,多了自然的宁静,而车行的水泥路、人走的栈道,随时都在提醒着人们,这里是旅游胜地,你是一个游客,你是买了门票才进入这里的,你得限时离开,心灵永远难以融入山水之中。所谓智者仁者,"乐山""乐水",通俗的说法游山玩水,应该是人生比较高的境界。布衣草鞋,蓑笠木屐,独身一人,或三两知己,兴之所至,攀岩登梯,筚路蓝缕,和猿而鸣,与鸟同歌,在水边濯缨,于山巅长啸,自由自在,把身体与心灵都交付给自然,亲近自然,感受自然,让自然荡涤身心的红尘,那才是真正的旅游。当自然山水成了4A、5A的旅游地,当旅游成为时尚,当芸芸游客都奔赴山水照相的时候,哪还是什么旅游,哪还有什么仁者智者?王安石说:"世之奇伟瑰怪,非常之观常在于险远,而人之所罕至焉。"现在哪里不是熙熙攘攘?越是熙熙攘攘的地方,旅游产业越发达。当旅游成为产业以后,就没有旅游了。我曾调侃地说过,黄河是中华民族的母亲河,可我要去看看黄河壶口瀑布,看看母亲,还得掏钱买门票。收钱的山西人、陕西人,也是黄河母亲的儿子,他这儿子为什么要收我这儿子的钱?

冬日九寨的宁静与清肃,也让我浮躁的心变沉静,因而有了这些思考,也生发了一堆牢骚。抱歉了,九寨的美景,我不是仁者智者,也不能装出一副乐山乐水的样子,为今天的你唱虚伪而空洞的颂歌!

四川蛮子

北方人喜欢称南方人"蛮子",就像中国人喜欢称欧美人"老外"一样,本没多少恶意,但"蛮"的意思是荒蛮、野蛮,多少还是有些贬义,这恐怕是北方作为中华文明发源地的一种历史心理优势。在我们这地方,以前见得最多的南方人是四川人,所以说得最多的便是四川蛮子。

我以前与四川人没直接打过交道,去过几次四川,也与真正的四

独屋里的灯
DUWULIDEDENG

川人没有深入接触。此次驱车入川，路径不熟，需要不断问路，加之吃饭住宿，算是对"四川蛮子"有了基本的认识。

那天早晨从德阳出发去成都，走到高速公路入口处，前面停着一长串的车。正犹疑间，前面一位穿着公路制服的女士向我们微笑着走来，礼貌和蔼地告诉我们：因为大雾，高速封闭。然后又极其耐心地告诉我们另一条路的走法，微笑着与我们道别。到达成都已是中午，尽管拿着地图，这一个路口，那一个立交，怎么也找不到国际会展中心，于是又下车问路。一个杂货店的店主，拿出自家的市区地图，极其耐心地给我们画出了一幅路线图。从会展中心回来已是下午，经过一条正施工的街道，放着禁行标志，前面一辆闯过禁区的车误导了我们，待我们闯过去以后，被警察一个敬礼拦住了。心想这下坏了，肯定罚惨了。没想到警察查看了证件、听了违章情况后却说："你们是外地车，就不罚了，以后注意"。

几天之后，在去九寨沟的路上，还是被罚了，但罚得心服口服。因为急着赶路，没有注意限速四十公里的标志，被一个拿着测速仪器的警察拦下了。最终罚了款，但有理有据，态度不温不火，让人心甘情愿认罚。前行不久，又一次被警察拦住。心想又怎么了？而且对川人以前的良好印象即将崩溃。没想到在问了我们带没带防滑链后，警察才告诉我们，前面路上有冰雪，要带防滑链，有事给他们打电话。真是人民警察为人民啊！

在四川几天，每到一个收费站，都有温馨的问候，真诚的道别。无论是大酒店，还是小饭馆，一进门，都是热情相迎，周到服务，让人舒心温暖。在返回的途中，一进入西北地界，情况就大不一样了。进入饭馆吃饭，就像是去讨饭似的，老板板着面孔，好像不板着别人就不知道他是老板，十声八声问不出一句话。而且，在我们这地方，警察罚的就是人生地不熟、没有关系的外地人，罚多少是另一回事，先把你骂个狗血喷头。要问路，不给你指个南辕北辙，算是遇上了好人，还主动帮你？这一比较，真正让我知道了谁是蛮子，野蛮的"蛮"。

人的记忆，需要触及诱发。这次在四川的经历，让我想起了一连串记忆中的四川人。好几年前去峨眉山，两个抬滑竿的人要抬我们上山，我们死活不肯。我们说，不是钱的问题，主要不忍心、不好意思让人抬着。他们说，不抬客人，他们就没饭吃，那才叫不忍心。谁也说服不了谁，他们就一直跟着。跟出好远，真让人不忍心了，便说：干脆这样，你们也跟了好远，与我们一起照张相，给你们五块钱。他们却极有尊严地拒绝了。这都是一些极普通的四川人，远至李白、苏轼，近迄巴金、郭沫若不都是四川人吗？其实，四川也属于西部，同样被归为南蛮的东南更是一种不"蛮"的景象。

当然，四川也有杀人越货的、偷鸡摸狗的，可是从这些普遍的民众和职员身上可以看到一种普遍的素质。

真是沧海桑田啊！在文明发源地，文明却丧失了；在蛮荒之地，新的文明建立起来了！这是中国国内，把中国放在世界的视野去看，又怎样呢？

远在汉中的家

中国一些经常被当作名言警句引用的话，单独看都是真理，放一块儿看，却常常相互矛盾。比如："书生不出门，遍知天下事""读万卷书，行万里路""纸上得来终觉浅，绝知此事要躬行"。当然，每一句话都在有具体指向时才有道理。比如毛泽东讲实践论时说："要知梨子的味道，就要亲口尝一尝。"你总不能说要知砒霜的味道，也要亲口尝一尝。以我这次汉中之行为指向的话，还是应该引用"纸上得来终觉浅"这一句。

原本从书上看到过，说汉中是汉文化的源头，也看过央视《走遍中国》讲汉中汉文化的事，但都没有深刻地感受。这次到达汉中的时候，已经是华灯齐放。第二天一大早，参观了古汉台，又摸索到一个以汉文化为主题的广场。广场不大，有呈弧形排列的二十多根石柱，柱子上的浮雕描绘了汉中的历史人物、传说故事、奇珍异宝、物产民

独屋里的灯

俗。广场一侧的矮墙上,有相应的文字介绍,使人更加明白了浮雕的内容。广场面临汉江,汉江两岸是汉中市新近开发的"一江两岸公园"。冬日清晨的汉中,细雨霏霏,阴霾沉沉,信步走下江堤,台阶两侧的栏杆上写着出自汉中的成语典故,"明修栈道,暗度陈仓""运筹帷幄之中,决胜千里之外"之类,可惜行色匆匆,未及细记。台阶中央的斜坡,是三位不同历史时期的名人描述汉中的文字,最近的一位是余秋雨,他的话中有一句"汉中是所有汉人的家"。这句话深深地触动了我。

公元前206年,项羽封刘邦为汉王,封地就在汉中。随后,刘邦即以"汉"为国号。刘邦后来逼迫封他为王的项羽乌江自刎、完成统一大业之后,文字、语言、民族便统称为汉字、汉语、汉族。虽说汉族人、汉语言文字并非源于汉中,定名毕竟在这里,与这里有很深的渊源,所以说汉中是所有汉人的家,也不无道理。无意间,我竟走进了老家的大门,回了一趟远在汉中的家,心中不由得产生了亲切的感情,也更加仔细地品味回家的感觉。

汉中这地方,还确实古风犹存。阴雨蒙蒙的早晨,本来就让人容易产生思古之幽情,缓缓流过市区的汉江,更给人以千年如斯的感觉。江中的小岛上,白色的鸟起起落落,悠然自得;江边垂钓者,都姜子牙似的,一派超然物外的气象。回身环视,江堤的堤面上,刻录着毛泽东手书的刘邦的《大风歌》,诗与书的气势,尽显大汉雄风;还有陆游等历代名人咏汉中、在汉中写成的诗。汉中做足了汉文化的文章,堪当汉族人的老家。这又让我想起了兰州的黄河风情线。兰州是黄河唯一贯穿的省会城市,黄河是中华民族的母亲河,有多少文章可做呀!可是,这条风情线建得很漂亮,却挤满了小摊小贩。虽然有何鄂的《黄河母亲》雕塑,也有水车、羊皮筏子,一座雕塑只是一件独立的艺术品,其他只能算民俗,而且是旅游开发的赚钱项目,没有形成黄河文化的丰厚景观。相对汉中而言,浅薄了。

汉中,真是汉族人的家。回了一趟老家,更让人想家。

三炷高香祭诸葛

我是一个进庙不烧香、见佛不叩头的人。倒不是我多么唯物，或者多么超凡，而是觉得要信佛，作为一种信仰，必须虔诚坚定，晨昏敬香，时时礼佛，我缺乏这样的恒心，碰上了才烧一炷香、叩一个头那是极大的不敬，所以干脆不烧不叩。我很看不上许多国人的功利主义信仰观念，"临时抱佛脚"，有急有难了，才去烧香叩头，念念有词地祷告，平日里，男盗女娼的时候心里一点佛的影子也没有。还有一些人，身为无神论的共产党员，却到处烧香拜佛，甚至与巫婆神汉搅和在一起，想求佛保佑他干了坏事不翻船。也不想想，有给贪官、腐败分子作保护伞的神佛吗？但路过汉中时，我专门到勉县的定军山下，瞻仰了诸葛亮的墓，并点上三炷高香、叩头作揖，虔诚地祭奠了一番。

诸葛亮不是佛，也不是神，是神化了的一个人。我之所以要虔诚地祭奠他，是出于对智慧的崇敬和对他本人的同情。

经过《三国演义》的"演义"和民间的口口相传，历史上真实的诸葛亮变成了神话一样的人物，呼风唤雨，神机妙算，成了智慧的化身。对于有智慧的人，我向往而又敬重。对于这样一个叱咤风云的历史人物，崇敬的人很多，又哪来什么同情呢？诸葛亮有让人值得同情的地方吗？我觉得有！

诸葛亮一生看似辉煌，其实一直如履薄冰、如临深渊、战战兢兢，这一切也都源于他的智慧。先从他的出山说起。

三顾茅庐的事已为人所熟知，其实一请二请诸葛亮均避而不见，第三次还装睡高卧，一个时辰后，又吟起了诗："大梦谁先觉？平生我自知。草堂春睡足，窗外日迟迟。"末了，还不忘打击一下"立候多时"的刘皇叔，问童子曰："有俗客来否？"然后又是更衣又是整冠，才露出庐山真面目。诸葛亮这样做是想端端架子，以抬身价，更重要的是想试试刘备的诚意。只有刘备具备了十分诚意，他才敢出山。因为他太知道自己的智慧了，也知道智慧的力量，更知道功高盖主的后果。

他学的本来就是帝王之术,就是打算为帝王服务的,有人请他,他没有理由拒绝,只是想找个可靠的主而已。通过"三顾"的测试,他选择了刘备,当即"三分天下",显示了自己的手段。不过,智慧的诸葛亮始终没有放松心中那根警惕的弦,到刘备死的时候,他又通过了一次生死考验。刘备对他说:我这儿子如果可以,你就辅佐他;如果不行,你就自立为王。诸葛亮知道这不是刘备抬举他,而是不放心他,试探他。所以他立即汗流遍体,手足失措,泣拜于地表忠心,以至叩头流血。他很清楚,自己要不叩出血来,藏于两侧的刀斧手,就会让他血溅庭堂。刘备还不放心,让两个儿子认诸葛亮作干爹。干爹抢干儿子的王位,刘备谅诸葛亮不会干。诸葛亮也不敢真的当什么爹,诚惶诚恐地表决心,肝脑涂地什么的。刘备还不放心,又嘱咐五虎将之一赵云:"早晚看觑吾子,勿负朕言。"刘备知道诸葛亮更明白这句话的含义,所以才瞑目了!

刘备死后,诸葛亮既想实现一生的抱负,平定中原,又怕落下"将在外"的嫌疑,所以前后两份《出师表》,怎么看都不是表决心,而是表忠心。所谓"鞠躬尽瘁,死而后已",你放心地在后方寻欢作乐、安享太平,我在前方打仗,直到死,没有其他想法。最后,真的在盛年五十四岁死于五丈原的军中阵地上。

超人的智慧成就了诸葛亮,也害了诸葛亮,让他一生都不能安稳,一直生活在惶恐中,但他毕竟是有大智慧的人,从不夸功骄傲,谨小慎微,才得以善终。而同为三国人物的祢衡、杨修,恃才傲物,玩小聪明,反害了卿卿性命,足为天下智慧人士引以为戒,也令平凡如我者为智者唏嘘。为诸葛上香叩拜,也借以祭奠所有故去的智慧者。

洛带古镇行

在朋友说要带我去洛带之前,我从来没听过这个地方,也不知道在成都的近郊还有一座古镇,而且也不知道这个地名的写法和含义。到地方一看介绍才知道,蜀汉后主刘禅刘阿斗一次不慎把一条玉腰带落入了这里的一口井里,井因事而名"落带井",镇因井而名"落带镇",后讹传为洛带。

在现代建筑的重重包围中,有一条不宽的石板街,街两侧是一律的古色古香的建筑,有的是高达四五层的宏伟大楼,有的是小巧玲珑的两层小居,全是木质材料。临街的都开成了商铺、餐馆,摆放的是一些具有当地特色的纪念品,供应的是种种小吃食。街的一侧有一条石渠,流淌着不知源头在哪里的清水。街面上人们熙来攘往,游人很多,好像主要是成都附近人,店铺的生意很寥落。

洛带古镇说古不可与丽江古城相比,都是清及清以后的建筑;说秀不能与周庄比,缺乏那种小桥流水的秀色。洛带的特点不是风光,也不是民情,它铭记着一段历史,凝结着血与泪的历史。

洛带的古建筑全是会馆,广东会馆、湖南会馆、江西会馆,还有以县为单位的会馆。这里又不是通商大衢,怎么会有这么多的会馆呢?这与四川的历史有关。

明末清初,天下大乱,明军、清军、农民义军在四川持续鏖战。一直被正统历史教科书认为推动社会进步的农民起义军头领张献忠,在四川大开杀戒,滥杀无辜,再加乱世中盗匪四起,战乱后疠疫流行,这个天府之国中的许多城镇变为废墟,田野变成焦土,十室九空。到康熙二十四年,偌大的四川人口仅有九万余人,朝廷为了恢复生产,增加税收,便制定了一个移民政策,鼓励各地百姓移民入川。还为地方官员制定了奖励办法,组织移动多少户口,便加俸多少,晋级多少。在朝廷的倡导下,广东的,湖南的,江西、河南、陕西的百姓纷纷告别故土,进入四川,尤以湖南、广东的为多。这就是著名历史事件"湖广填四川"的渊源。

四川毕竟是一个土肥水美的地方,当第一批移民经过艰难的心理挣扎和艰苦的长途跋涉来到四川之后,很快就建起了新的家园,过上了好日子。那些还在犹豫迟疑中、不愿背井离乡的人一看这结果,也纷纷动身,一时间四川又人满为患,政府不得不采取限制政策。于是，又是集会抗议，又是亲邻互帮互带、蛇头组织偷渡，就像今天的国人想方设法奔美国一样。直到今天，三四百年后，当年九万人口的四川，又成了一个人口大省。

中国是一个乡党观念极强的国家，乡党是一种乡情，也是一条纽带，通过这条纽带连接起来的人，就是一股势力，以与其他势力抗衡，平息纷争，解决矛盾，处理"股"内事务。会馆便成了担负这一功能的场所，洛带就成了一个会馆集中之地。

了解了洛带的历史，走出洛带的这条古街，回头再望，进入眼帘的已经不是这个古镇，而是四川有清以来三百多年的历史。这个曾被我认为盆地中封闭保守的天府之国，原来也是个融合了多种文化的移民之地。

2006年11月

扎尕那

到了扎尕那以后,我才知道自己孤陋寡闻。挂着北京、河南、陕西等地牌照的汽车,在群山挤压的河谷里,狭窄的山道上,川流不息地涌向同一个地方——扎尕那。将近百年以前,美国探险家约瑟夫·洛克就来到这里,迷醉于这个世外桃源,称赞这里应当是亚当、夏娃的诞生地;近几年,又获得权威媒体评选的全国"十大非著名山峰"称号。而我久居于陇之东,却不知在甘之南这个叫作扎尕那的美丽地方。

扎尕那是一座山,藏语的意思是石匣子,在甘南州迭部县境内。我们到达的时候已是晚上九点多钟,刚刚下过一场暴雨,天上稀疏的几颗星星,眨巴着水灵灵的眼睛,沉沉的夜幕严严实实地遮住了扎尕那的容颜,点点灯火使这里的夜晚显得更加深邃难测。第二天,天还未透亮,我便带着五岁的小儿子迫不及待地走出投宿的藏家木楼。

扎尕那真是一个天然的巨大石匣子。三面石崖陡立,南面双峰并峙,宛如一道洞开的石门。一条公路蜿蜒而入,跨过一座小桥,盘旋缠绕在北面的山坡上,将藏家的木屋分割成一层一层,由山脚叠置到坡顶。东边的村子叫东哇,西边的村子叫西哇,我们所居住的木楼,处在东哇山坡的高处。在楼前的平台上,面南而立,整个扎尕那宛如一只巨大的圈椅,让人不由得想坐下来,双臂搭在东西两面的石峰上,跷起二郎腿,点燃一支香烟,安妥自己疲累的灵魂。

也许是山太大,谷太深,能够包容人间的一切烦嚣,扎尕那的早晨熙熙攘攘,但是静寂无声。那些叫作卓玛、拉姆的藏族女人,沉默

独屋里的灯
DUWULIDEDENG

着进进出出、忙忙碌碌；那些叫作达瓦、扎西的孩子牵着马，沉默着走过门前，连马蹄的嗒嗒声也是那样细微。从各个门洞里钻出的游客，脖子挂着照相机，也受了沉默气息的感染，悄然无声。每一家的门道里都停放着汽车，马厩也变成了车库，狭窄的山道上汽车盘旋行驶，不时地要错身挪位，却听不到马达声、喇叭声。只有谷底的溪水稀里哗啦地流向远方，只有山顶的拉桑寺煨桑的青烟飘向天空。一切都是那样安详静谧，好像在等待神的宣示。

我和儿子爬上拉桑寺的时候，太阳刚刚爬上东哇灰白的山尖，给西哇的山坡洒下金色的斑点，四面的山峰穿起了雾的轻纱，在光与影的变幻中，缥缥缈缈，如梦如幻。有鹰在比山更高的地方盘旋，一会儿十只八只，一会儿三只两只，一会儿一只也没有了，看不见它们落到了什么地方，也没有在地上留下一片影子。

湛蓝的天空，黑色的雄鹰，红艳的太阳，洁白的雾岚，寺院耀眼的金顶，点缀着片片金黄的翠绿山林，扎尕那五彩斑斓的画卷缓缓打开。

走出藏家木楼，走下藏族村寨，走过来时的那座小桥，一条细如麻绳的小路，牵引着我们走出石匣子，一路向上，走向更高更深处的扎尕那。

小路的两旁，群峰耸立，山顶在风刀雨刷的打磨下，犹如寒光闪烁的利剑，直插云霄。从山肩以下，覆满了丛林杂草，正是夏秋之交，呈现着碧绿金黄的色彩。山脚下，一条小溪奔涌而下，流淌着亘古的藏家歌谣。

在扎尕那，我才真正理解了天外有天、山外有山。由小溪分隔开来的山峰，像是伟岸的藏族汉子，时而抵额问候，时而执手相看，时而促膝交谈，时而一拍两散，山势如时起时伏的云雾，不时地变幻着身姿。溯流而上的人们，俯首躬行，突然绝壁当道，眼看着小路已经到了尽头，天空就顶在山尖尖上，再努一把力，就能抵达了，峰回路转，豁然开朗处，一只鹰就像一个顽皮的孩子，忽闪一下翅膀，面前又是一座更高的山,一片更开阔的天。溪水犹如一支神奇的画笔,哗啦一声,小路继续向前伸延,如是者再三再四。扎尕那的山高,扎尕那的水长,我更坚信世界上没有比脚更长的路,掬一把清澈凛冽的溪水,如痛饮一碗醇香火辣的青稞酒,抖擞精神,继续前行。五个小时的跋涉,在经过多少次山重水复、柳暗花明的跌宕起伏之后,我终于不得不屈服于扎尕那的山,扎尕那的水。儿子年幼,只看得见面前的路,看不见身后的路,以绝不屈服的倔强还要继续登攀,好说歹说,在许下长大了带他再来扎尕那的庄重诺言之后,才极不情愿地扭转了身子。看着儿子小小的身影,远望云端的山峰,我在心中慨然而叹:世界上没有比鹰更高的山,除非变成一只鹰,才能尽览扎尕那的容颜啊。

离开扎尕那的时候,带着许多的遗憾,也带着许多的向往。听说扎尕那的夏天繁花似锦,听说扎尕那的冬天白雪如银,听说晴朗的日子扎尕那的银河浩荡。儿子会长成一只矫健雄鹰的,我也会再来的,扎尕那。

《甘肃日报》2014 年 11 月 27 日

独屋里的灯
DUWULIDEDENG

俯仰之间

俯视

作为众生之一,生于地,行于地,长期皈依着土地的宗教,对于天,总心存一种邈远的向往和神秘的激动,觉得一切烦琐弱小都在地上,高远博大都在天空。对于地,尽可以恣意运足;而对于天,就只能长久地仰望了。只待有一天,呼啸一声,我也纵行于碧空之中,便有了一种俯视的感觉。

飞机初升的一刹,大地像是被重重地一掷,落到了脚下。对于从土地上走出来的人们,最急切的愿望便是寻找自己土地的家园。起初还有那么模糊的一星两点,随后,便完全被雾去云来所省略。展现在眼前的是一个如梦若幻的云的世界。云,时而凝重如山岿然不动;时而轻盈如烟,飘忽而过;时而如惊浪滔天,时而又似溪流潺湲。在太阳的直射下,更是云蒸霞蔚,飞机也恍如飞天。人,仍然激动、惊奇,但总有一种不踏实感,好像脚下没有一块是祥云。在这变幻的奇妙中,我开始怀念土地的坚实了。我开始感觉到,所谓大,即是空;所谓高,亦是空。只有踩在脚下的土地才那样值得信赖,只有烦琐屑小才是真实。

还有一次航行,像是有意要给我另一种体验,即便在那样的高度,也找不出几片浮云,真是碧空如洗。最初,还是从寻找家园房舍开始,之后一切便都模糊如记忆了。只有岭的逶迤、沟的深邃、壑的狭细、塬的广袤了。一切生命,都被一抹轻绿所代表。只有那没有生命的土地,清晰如版画,映入眼帘。芸芸众生,竟不见万一。我想,活的,也许就是死的,只要换一个角度;死的,也许一直活着,也只要换一个角度。这世间万物,都可以忽略,不能忽略的,只有土地,土地。

生活在天底下的人,有时候是需要登上天去,俯视一下,再去确认,究竟什么是真实。

仰望

整日里,斗室枯坐,又是背阴的房子,连阳光也透不进许多,本来活泼好动、生气尚足的人,竟有些像这椅子、这书案,成了房子不可或缺的组成部分了。偶尔地,仰仰腰背,伸伸胳膊,放眼望上去,又倏地被天花板白瘆瘆地挡了回来。好像天花板是天,地板就是地了。心底就有些怨,读大千世界、写芸芸众生的人,却原来像一只蜗牛或一件家具。罢了,罢了,任它什么,掷下书卷纸笔,看看天去。

一个人便踽踽地踱到了市郊的一座山头上。先畅畅地出一口气,让心胸豁亮着,再把低惯了的头抬起来,寻找暌违日久的真正的天空。那眼睛像是笼子里关久了的鸟,切切地冲那一天蔚蓝而去。之后便痴痴地粘住,不愿离开须臾。正好有鸟飞临头顶,啾啾地叫,款款地飞,心中便疑惑地不知是真的鸟,还是自己的眼睛,或者就是心,正在向天空倾吐郁积的愁绪。白云,悠悠地,颤颤地,宛若抖动的白绸,像优美的舞蹈,而又去了许多雕饰、做作、浮华,浑然天成。在这样的天底下,澄澈的蓝,凉凉的白,汩汩地涌入胸中,原先那一团混沌觉着层层漾开,渐渐地,渐渐地,就只剩一颗空空洞洞的心了,空空洞洞地跳。

这时,有风穿过身体,人轻薄如纸,完全地不胜风力的样子,有些飘飘然。以至于竟如化为乌有,不知有我,也不知有天。时间用手推我,晚风用掌扇我,也浑然不觉。只到落日重重地踹我一脚,才蓦然发现,鸟已无影,云也无踪,夜幕四合,遮住了天空。眼睛归巢,心落入胸中,我又是我了。只是回去的脚步很轻,很轻,有些像云。走在大地上,像是云飘在天空。

归坐。椅子还是那把,桌子还是那张,书打开着,纸铺展着,笔帽也没有戴上,物依旧,人已全新。无须掂烟点火,书页便哗啦啦地翻过去了,诗思也顺溜了许多。心里怪怪地想,这么好的天,原本就在头顶,举首便收眼底,为何偏要终日缩腰弓背作虾状,吭吭哧哧如蜗牛爬那永无尽头的格子路?书中所写的、笔下所流露的,不都原原本本、坦坦荡荡地在天上吗?

终究是有些悟了:低头行走,还要抬头看天。

静　坐

其实,无论在天上,还是地上,你都会受角度的左右,有一个必然的参照系限制着你的思维。凌空的时候,感到大地真实;落地之后,又觉得天空淡远。你老有一种非此即彼的尴尬。你只有彻底地放下手头、心头的一切,静静地坐下来,把心儿平平地放下,眼睛既不专注于干什么,也不刻意回避什么,澧澧漫漫地铺开去。这时候,你整个儿像一扇半开半掩的窗户,任阳光漏进来,任风儿游进来,任稻香谷气高粱花子飘进来,窗只是若有若无地掀动,翕翕张张,像是平匀的呼吸;帘只是不疾不徐地抖抖颤颤,也像是呼吸。既不拒绝,也不贪婪,自然如也。只有这个时候,你才会觉得天、地、人所构成的三维空间,是一个最客观、最完整的世界。而你是最重要的,顶天,又立地,你是人。在你的内涵里,有天,也有地。你既不会有凡俗生活中的过高奢望,也不会有理想追求中的庸俗堕落。你会觉得你是秉承了天地之灵气、自然之精华的万物之灵,你会为之而自豪,并为此努力把握自己,心平气和地拿起手中的活,刻意地做下去。

《散文》1992 年第 4 期

子非鱼（两篇）

我听见了鱼的叫声

你信不信,我听见了鱼的叫声。

今年生日的时候,妻子和女儿合伙给我买了一个小鱼缸。缸里铺了厚厚一层砂石,砂石上栽着几撮水草,然后放进去好几十条小小的观赏鱼。为了营造更加逼真的水底环境,妻子还拆了一串贝壳的项链,撒进水里。两人热情地给我介绍着有红绿点的鱼叫"红绿灯",满身斑纹的鱼是"斑马",还有"虎皮"什么的等等。我也兴致盎然地随着她们的指点观赏着。不同种类的鱼刚刚汇聚到这个小鱼缸里,还有些陌生,各以类分,斑马在水底,红绿灯在中水区,虎皮游在水的上层,一副互不往来的样子。不一会儿,好像就熟悉了,上上下下地畅游起来了。小小的家庭,顿时平添了许多生趣。

鱼缸就放在床头柜上,初时的新鲜过后,我便很少看它们一眼。并非天生缺乏情致,实在是不得闲逸,妻女对此颇感失望。对于这个礼物,心领之后就算又还给她们了。

一天夜里,一番烟熏火燎、苦茶灌肠熬出一篇文章之后,兴奋的神经一时得不到松弛,一向挨着枕头就入睡的我,却辗转反侧,怎么也睡不着,于是,就索性睁大眼睛观赏起了鱼。

鱼好像是一种天生不知疲倦的动物,这小小的水域,对它们就如江河湖海,一会儿一个猛子扎下去,一会儿一摆尾又蹿上来;一会儿迅疾如冲，一会儿又优游自在；有时还碰碰唇吻，亲亲尾巴，从无片刻停歇。我就想，鱼这样不舍昼夜地游来游去，难道真的就不累？鱼从来就不睡觉吗？

关于鱼睡不睡觉的问题，让我彻底失去了睡意，更加饶有兴趣地观察着、探究着。鱼好像并不知道我的存在，或者明明知道、根本就无视我的存在，依然故我地游着。为了引起鱼对我的注意，我故意用手拍打鱼缸，鱼一刹那的惊悚慌乱之后，又自由自在地游去了。鱼对我的漠视，让我很是无趣，无趣让我的意识变得有些模糊的睡意。

轻若薄雾的朦胧中，我隐隐约约听到一种难以形容的、极其细微的、异样的声音。我不敢弄出丝毫的响动，侧着耳朵、屏息敛气仔细地分辨着。凌晨的夜，真是万籁俱寂，鱼缸里灯管的嗡嗡声和水泵打出的水声显得异常响亮，那难以形容的、极其细微的、异样的声音就夹杂在其中，时大时小，时有时无。我坚信，这不是灯管的声音，不是水溅起的声音，也不可能是其他任何的声音，这是鱼的叫声，我听到了鱼的叫声！

我不知道鱼是否真的会叫，庖肆之鱼没有听见过叫，涸泽之鱼也没有听见过叫。再看鱼时，仍然生动自如地游着，并没有公鸡梗着脖子、毛驴昂扬着头做出要叫的样子。我只隐约记得一个关于鱼的声音的词"唼喋"，是形容成群的鱼、水鸟等吃东西的声音。鱼缸里既没有大群的鱼，也没有给它们可吃的东西，这声音肯定不是"唼喋"，而是鱼的叫声。

你想，鱼那样自由，肯定快乐；鱼既然快乐，必然就会发出快乐的叫喊声。尤其是在这深无边际的夜里，尤其是当被称为万物之灵长的人类纠缠在各种美梦噩梦中的时候，自由自在、无忧无虑的鱼，为什么不快乐地叫喊呢！鱼能够忍受死亡，却不能忍受快乐。如果你要问："子非鱼，安知鱼之乐？"我当然会回答："子非我，安知我不知鱼之乐？"

在鱼的叫声中，我酣然入睡。

2007年5月23日

子非鱼（两篇）

我听见了鱼的笑声

我一向对于钓鱼了无兴趣，一是觉得那是极其枯燥无聊的事，二是对手抓着鱼那种滑溜溜的感觉有点发怵。我们家吃鱼，我从来没有动手杀过，也不敢正眼看一下。有一次别人请吃饭，上了一条火锅鱼，下面是熊熊烈焰，上面是滚滚热汤，鱼在其中，还大张着嘴呼吸，我差点当场背过气去。我总觉得鱼是水中精灵，吃已经不仁，更何况残忍加害。我的朋友和同事中有许多钓鱼迷，一个个晒得焦黑，为钓鱼购置了数千元的渔竿、摩托车，有的甚至买汽车只是为了钓鱼。从他们口中我知道了雨钓、夜钓、海竿、浮子等诸多钓鱼的名词，他们也多次撺掇我加入钓鱼的行列，我总是说我个性焦躁，耐不住性子，半天钓不上一条，闲闲地等着，急死人了。他们却总是说忙得连个解手的时间也没有。我想早出晚归、披星戴月，一天才能钓到几条，忙成那个样子，谁信？还不是为了哄我上这条贼船。

有一个周末，闲着没事，心中无聊，想到山野水田之间散散心，便随几个朋友一起去钓了一次鱼。经过近百公里的山道颠簸，终于来到一方水塘。朋友们急不可耐地撑起阳伞，拿出各种钓竿、鱼饵、折叠椅，铺开钓鱼的摊子开张了。我则优哉游哉，尽情欣赏起水光山色。林间山野的气息令人神清气爽，"半亩方塘一鉴开"的景致，让人赏心悦目。游玩半晌，意兴阑珊，便去看看朋友们的收获。几个人仍然俯首躬身地忙着，盛鱼的桶里却只有寸长的几条，一个个脸色凝重，眉头紧蹙，我觉得有趣，便坐下来看人钓鱼。这天的鱼像是都成了精，任你换上什么样的竿子、什么样的香饵，商量好了似的，就是不上钩。偶尔有一条傻不愣登的小鱼被轻飘飘地拽上来，朋友们却不领情，哀叹一声，又摘下来扔了回去。越是钓不上来，却是发急，手忙脚乱不断地和食、换食、调竿，可真是忙得连个解手的时间也没有。有时候，水波微漾，浮子飘摇，朋友便瞪圆了双眼，鼓起了两腮，双手攥紧鱼竿，憋足了劲儿用力一甩，却只甩出了一小串水滴。双眼的火苗倏忽熄灭,身体也像泄了气似的,瞬时委顿,一种完全被戏弄了的感觉。如是者反复再三再四,终无所获。我也屏住呼吸,随他们一起紧张,一起沮丧,自觉不自觉地从心理上参与到了钓鱼中。

钓鱼的人,本不是为了吃鱼,为消遣、为运动等等吧,就是为了享受过程的快乐,没有太多功利的目的。但钓上大鱼、钓很多条鱼才会感觉快乐。而且钓鱼也是有"界"的,谁钓了特大的鱼,特多的鱼,马上会在钓鱼界传开,得到人们的敬仰和羡慕,甚至还有人虔诚地前来取经讨教。谁也不会超然如姜太公,愿者上钩,不愿也就罢了,钓不上也难免心浮气躁。而鱼好像也洞悉钓鱼者的心理,偏不上钩,不上钩还不能让你彻底绝望,有意无意把钩碰一下,碰出一点涟漪,碰出一点动静,给你碰出一点希望的火花。这不是一条鱼的诡计,这是一群鱼的阴谋。在你望着空荡荡、轻飘飘的渔线发呆的时候,鱼一哄而散。我仿佛看到一群鱼在水底围着圆圈,手挽着手,群舞而歌;我仿佛听到它们儿歌一样地唱道:哄了——哄了——哄美了;还有它们纯真而快乐的笑声。待你再一次换了饵、换了竿、调整了战术、抛出以后,意味着又一轮钓与反钓的斗争开始了。一群鱼互换眼色,窃窃私笑,一只勇敢的鱼又兴奋又胆怯地上前触碰鱼饵,然后是你的失望与无奈,它们的欢乐与歌声。这样的一番想象,让我觉得钓鱼,尤其是钓而钓不着,简直是一件妙趣横生的人间乐事。

为吃鱼而钓鱼与为贪吃而上钩,是钓者和被钓者共同完成的谋杀;不为吃鱼而钓鱼与不贪吃而不上钩,是钓者和被钓者共同参与的游戏。与水中精灵游戏,此为钓鱼的另一种境界。

陪钓一日,不钓鱼而有此感悟,我仿佛又听到了鱼们高声附和的笑声。

2007 年 5 月 24 日

母校的大铁钟

走出中学的校园将近三十年了,校园里的那口大铁钟还时时在我耳边敲响,萦回不已。

刚上中学的时候,最可乐道的就是校园的钟,还有敲钟的人。

在两排教师宿舍中间的空地上,一口蓄水的土窖旁边,五根朽木,两两交叉,上面横放一根,形成一个支架,中间悬挂着那口锈迹斑斑的铁钟。打钟的是一个与我们年龄相仿的孩子,据说,因为家庭的原因,早早出来找了这样一份差事,在我们入校以前,已经打了好几年了。还据说,最早的时候,因为年龄小、个头矮,打钟还要爬到椅子上才能够得着。我们看到的时候,他已经能够站着打钟了。

我上小学的时候,只有一只铜铃,放在作为老师办公室的窑洞外面的土窗台上,早晨的太阳照射下来,熠熠生辉,拿在手里摇出一串节奏分明的铃声,煞是清脆悦耳。在我们幼小的心里,对这只小小的铜铃充满了无比的向往,好像那就是成长,那就是号令。铜铃一响,一群孩子蜂拥着跑进教室,叽叽喳喳的院子,瞬间变得一片静谧,歌声读书声随即响起,洋溢着天真的热情;铜铃再次响起,孩子们又蜂拥出教室,很快站成整整齐齐的一排排、一行行,展现着朝气蓬勃的秩序。在孩子充满幻想的眼中,执掌那只铜铃的不仅是成人、老师,更像电影中发号施令的将军,谁都想摸一下,拿在手里摇一下,可谁都没敢,包括校长、老师的孩子,不是纪律的约束,而是发自内心的敬畏。一个小小的孩子拿着这样一只铜铃,那是僭越和冒犯,不用老师

独屋里的灯
DUWULIDEDENG

处罚,也会为同学们所不容。中学的铁钟,虽然大,但没有小学的铜铃光鲜亮丽,而是锈迹斑斑,却更令人敬畏。因为大,它号令着一千多名师生;因为锈,它有着几十年的历史。能敲一下这口钟,仍然是我们内心积久的愿望,它的神圣不可侵犯,让我们的愿望一直没有实现。

　　后来,校园改建,进入校门以后是一条甬道,甬道旁是两行高大的楸树,钟挂在中间一棵树的树枝上,钟锤上系着一根又粗又长的棕绳,绳的一头松松地绾在树干上。高高悬起来的钟,即使再高个子的人也打不着了,只能拽着绳子当啷当啷地敲。由于高,也由于不用拿着铁杵直接敲击,避免了手臂麻痛,更便于用力,钟声显得更加洪亮激越,一敲起来就传遍了小小的县城。那时候戴手表的人很少,母校的大钟,不仅是学校的号令,也是全县城的时钟。那个打钟的孩子长大以后改开学校的卡车了,新的敲钟人是一个老师傅。老师傅高度近视,有一个冬天的晚上,把分针看成了时针,凌晨三点半就敲响了起床的钟声。那一天,全城的人三点半就起床了。

　　钟声唤醒了一天天的黎明,钟声敲落了一天天的黄昏,钟声传来了恢复高考的消息。在母校的钟声中,我们一天天长大,钟声对于我们不再是约束,而是号角,是激励,是鞭策,作为农家孩子,我们必须在千军万马中挤过高考的独木桥,奔向自己的前程。钟响了,我们不再急急忙忙奔出教室;钟不响,我们也要从木板拼起来的通铺上爬起来。就寝的钟敲响,教室的灯熄了,我们点起自己的小煤油灯,在老师一再的催促下,回到宿舍,老师走了,我们又悄悄地爬起来。吃饭的钟敲响,我们其实是没有真正的饭可吃的,每天每顿吃的都是从家里带来的馒头,冬天冻成了坚硬的冰坨,夏天一天时间就已经酸馊,这样的馒头有些同学还没有,带的是玉米、糜子、高粱做的各式各样的干粮,喝的是一分钱一瓷缸子、从学校的大铁锅里买来的温吞水。星期六的下午,在回家取馒头的路上,没有了钟声,还在心里默默地温习着功课。身在苦中不知苦,遇着狂风四起、尘土飞扬的日子,心

母校的大铁钟

里滋生的是"乘长风,驾土雾"的浪漫情怀。一个寒风凛冽的下午,我看见一个在苜蓿地里扫柴草的孩子,满手都是流着血的裂口,打了一篇作文的腹稿,写成以后,老师批下了"具有二三十年代文人深沉的意味"的评语,至今还在鼓励着我。回到家,除能吃两顿热乎乎的汤面条外,还要帮着干活,书就放在路边,来来回回瞥一眼,在心里默记背诵。最为难的是向父母要每周在学校十一顿饭总计一角一分的买开水钱,总是开不了口,总是要犹豫再三。在母校钟声的起起落落中,十年寒窗,九载熬油,有的同学熬白了少年头,有一个同学竟然没有熬得过来,一个周末回家取馒头再也没有回到学校,据说他把自己挂到了装粮食的囤架子上,他腼腆的笑容至今还留在我的脑海中。

作为幸运儿我接到了一份大学的录取通知书,在向母校作最后的告别的时候,一向不苟言笑、严肃得令人敬畏的校长,一直把我送过大铁钟下长长的甬道,送到红色的大木门之外,看到我脚上已经开裂的鞋,说"你该买一双新鞋",细致得像一位慈祥的母亲。

转眼二十多年过去了,我再没有回过母校,不是忘恩负义,而是记忆深处的一些东西不想、不愿、也不敢触碰,直到母校五十周年校庆的时候,我的同学已经当了校长,应邀又走进了母校的大门,真是不胜感慨,物不是,人亦非!母校原来油漆的、红色的木门,上面带着弧形,下面安着滑轮,推起来吱吱嘎嘎响,已经换成了宏伟的门楼,安着铁栅栏的门。那两行高大的楸树,还有梨树、苹果树都没有了踪影,代之而起的是一幢幢高大气派的实验楼、科技楼、教学楼、宿舍楼。学生灶市场化了,有十多个,各种各样的吃食。宿舍也公寓化,通上了暖气,那个打钟的与我们差不多大小的孩子,已经是学校的总务科长。母校的一切已经变得陌生,只有那口铁钟还在。校长是我们同期走过来的同学,可能与我有着同样的情结,学校用上了电铃,那口大铁钟早已废弃不用了,但他还保留着,还挂在一棵树上,成为单纯的象征。站在铁钟下,久久凝望,那钟历经岁月风雨的侵蚀,布满了斑驳的铁锈,几乎变成了红色,也没有记忆中那么大,那么令人敬畏,夕阳下,如一只小小的鸟巢,等待着归鸟。它等回来的不是鸟,是走出母校的学子鸟一样纷飞的记忆和遐想。

　　我下意识地伸出手,想拽着绳子敲两下,又下意识地缩了回去。走出校门,母校二十多年前的那口大铁钟,洪亮激越的声音依然在我的耳畔回响。

《黄河象》2013 年第 3 期

表　姐

当我拉开家门,看见门外站着一个包裹行囊的农家妇女时,我还不知道这就是表姐。表姐也没有容得我犹豫,也没有等我让开进门的路,立即就绽开满脸的笑容,极其亲热地一边上下打量着我,一边用对好似多年未见的亲兄弟一样的口吻对我说:表弟真是长大出息了,人也越来越精神了。表姐好像一点也没看见我满脸的疑问,或者干脆就觉着我根本不会有什么疑问,就侧着身子进了门。

表姐自顾自地坐下之后,一连串说了许多的亲戚,虽然我都不甚了了,但她同时也说了许多我小时候聪明、懂事、好学的往事,我便认可了这个表姐,开始沏茶倒水、安排饭食。

从表姐拉拉杂杂的谈话中,我逐渐弄清楚了表姐的基本情况。表姐家住我老家的另一个乡,离婚以后再婚,再婚时表姐带了两个孩子,男方也有两个孩子,结婚以后又生了一个。这次来是送表姐的女儿上我所在的这座城市的卫校。表姐叫着我的小名从城东找到城西,是为了让我关照关照她的女儿。

表姐的女儿考卫校时差了一分,是按计划内自费生招收的,这一自费就比别的学生多出一万多元的学费,还不分配工作。其他学生一学年的学费才几百块钱,还分配工作,那是 1997 年。我对表姐说:花那么多钱,上个卫校,还不分配工作,划不着。表姐说:能上就让娃上,花钱不怕,钱是啥?钱是人身上的垢甲,总不能让娃在农村蹶一辈子。表姐说得异常坚决。表姐的坚决打动了我。

独屋里的灯

转眼三年过去了,表姐抱着一个沉重的大纸箱,又一次站到了我的门前。这一次的门已不是上一次的门,我搬家了。我搬家的时候没有可能、也没有想到通知表姐,但表姐抱着一大纸箱苹果还是找到了我。那天还下着雨,我不知道已年过四十的表姐是怎样抱着这样一大箱苹果一路打听着找到我的。

表姐这一次来是为了女儿的工作。表姐的女儿上卫校三年,除过到我家吃过几顿家常饭之外,我没有能给任何帮助。如今,女儿毕业了,表姐又找到了我,表姐再没有什么干公事的亲戚,在表姐的眼里,我是唯一可以托付的人。表姐反复说:兄弟,现在办事都要花钱,这姐知道,钱不要兄弟为难。姐喂了一头老母猪,母猪已经下了两窝,卖了些钱,还栽了八亩苹果树,就要挂果了。家里情况好着哩,你放心,该花多少就花,别为姐省钱。我反复解释都无济于事,表姐从一直捏在手里的布包里掏出一个苹果一样大的毛线蛋,费力地掰开,从里面抠出一卷钱,硬要塞到我的手里。"这是八百块钱,你先拿着,不够姐再给你。"表姐急切的表情就好像只要我接了这一卷钱,女儿就有工作了似的。

我最终没有接表姐的钱,也没有为表姐的女儿找到工作,表姐的女儿在一个乡镇卫生院当临时工,一个月一百块钱工资。为此,我一直对表姐怀着深深的歉疚,我以为表姐肯定生我的气了,再也不会找我了。没想到三年后,表姐又一次找到了我,在我又一个新家。

这一次拉开门我看见表姐喘着气、两手撑着大腿、佝偻着腰站在门口,身后还站着一个大男孩。

这个大男孩是表姐的儿子,考上了这座城市的师专,表姐是专程来送儿子上学的。为了给儿子凑学费,表姐想爬上树打些核桃去卖,没想到踩断了树枝,从树上重重地跌了下来,摔坏了腰。表姐没有上医院,也没有吃药,在家里躺了几天,到了开学的时间,就硬撑着一路颠簸着来了。表姐对我还是一脸的亲热,还为我带来了一袋褪掉绿皮的核桃。表姐对生活还是那样充满信心。表姐说:苹果树已经挂果了,把这个儿子送进大学,她就要回去好好供养那三个,让他们人人都要有出息。表姐好像怕我不相信,一再说:兄弟,不怕,只要有人在,怕啥哩,不怕没钱,只要娃娃好好念书,姐的日子现在越来越好了。表姐还反复告诫儿子:好好学,要像你表叔一样有出息。

　　这一次表姐没有给我提任何要求,包括关照关照她的儿子。送表姐出门的时候,看见她被核桃皮染得乌黑、皲裂的手,看着她佝偻着背、艰难行走的样子,我的心里除过惭愧还有深深的崇敬。表姐,我没有为你做任何事,你却带给了我许多。

　　　　　　　　　　　　　　　　2007 年 6 月 15 日

独屋里的**灯**
DUWULIDEDENG

人生履历表

　　人的一生总是要填写大大小小、许许多多的履历表,可窄窄的方框,能容纳的只是填写当时的一瞬,而不是深远复杂的背景。

——题记

姓名:马启昕

　　我原本有一个不很雅也不俗的小名,一直用到高中即将毕业。高考前夕,觉得那个名字终究不雅,便想另取一个。甄来选去,几经"试用",终于在高考志愿表上填上了"马启昕"。我对这个名字颇为自诩。"昕"是太阳将要升起的时候,启昕就是让将要升起的太阳升起来。它多少体现了我面临人生抉择时的一点雄心,而且也比较独特,不重复别人。只是"昕"字,比较生僻,常被人读错。刚上大学时,第一次上体育课,老师点名喊了几遍"马启昕"没人应。点完了,我才问:"老师,怎么没点我?"老师问:"你叫什么名字?"我朗声答道:"马启昕。"老师当即脸红。后来读诗,觉得诗人都落拓不羁、潇洒自在,心下羡慕,就借姓的便利,又取了本文题下这个名字,作为笔名。我特别喜欢这个名字,尤其是后面再缀上"先生"二字的时候。现在朋友们、单位有些同事都喊我马野,投稿时无须注上原名,也能准确收到回信。以至笔名比原名有"名"。我为我的名字,尤其我的笔名而自豪。

性别：男

　　人对自己的性别无法选择，就是偶尔的赐予也只有两种可能，非男即女。但有些人却因此而得福，有些人却因之而罹祸，我便属于前者。我家只有姐姐和我两个孩子，我就责无旁贷地成了家中香火的接续人，因而显得特别金贵，尤其与姐姐相比。活让姐姐干了，苦让姐姐受了，打骂也让姐姐挨了。父母的爱都给了我，好穿好吃都给了我，好也让我落了。姐姐经常干活，难免就出错，因此就"笨"。我吃饱穿暖，只说好话讨好父母长辈，当然就"灵"。我原来一直不知道自己沾了性别的光，也自以为聪明伶俐，到成家之后，炉子泥不了，房子不会刷，挑担水也气喘吁吁，到处显乖露拙，而姐姐却里里外外一把手，才稍有觉悟。但我觉得，生为男儿身，毕竟是一件幸事，尤其在中国社会。即使生活能力差，衣衫不整、蓬头垢面也好，只要事业有成，也会被当成不拘小节的美谈。而女人家，好不容易做个女强人，还得向社会舆论反复交代，自己在家如何下厨为丈夫做饭，给孩子洗尿布，在外如何严肃贞洁，与男人从不握手，同时树立一个贤妻良母的形象。为此，我得做得更像一个男人。但也不能让姐姐的不幸在下辈身上再现。我现在也有了孩子，女孩，而且只有一个。从女儿身上我才发现了女孩子的许多好处，我甚至庆幸自己有一个女孩，而不是男孩。我还想倡导设立一个中国"独生女儿节"呢，不知会不会有人响应？

民族：汉

　　俗话说：十马九回。我正好是那匹不"回"的马。可是，却常常出现误会。那年，我去山东参加一个全国性的学术交流会，刚报出姓名，负责接待的人就急切地问："你是回族吗？"得到否定回答后，我明显地看出他舒了一口气。然后他才解释说，他们原认为我是回族，接待不方便，本不打算邀请了，又觉不舍，便试着把我邀来了。幸亏！我这个姓氏，差点误了我一场好事。以后，每作自我介绍，必郑重声明我是汉族，看着别人释然的表情，我才坦然。有一次，到民族学院参加一个诗歌活动，随便问了句坐在身边的一位少数民族诗人："你是哪个民族？"他斩钉截铁地回答："中华民族！"从此，除在履历表的民族栏里填上"汉"字外，我不再对自己的民族做特别解释。

年龄：二十九

这几年，每填履历表年龄一栏，就有些迟疑，好像一时想不起自己究竟多大，而面对终于填出来的数字，总有点不相信，尤其是二十九。这个数字作为年龄，在我的心目中是很大很大的，甚至相当于老。我一直觉得我还很小。我家就我和姐姐两个孩子，姐姐又大我十岁。我六岁上小学，直到十七岁上大学，一直都是班上年龄最小的，加上个子矮，就有了"很小"的感觉。刚上初中，早晨跑操，校长以为哪个学生把弟弟带来了，就喊着让领出去，别让人踏着。参加工作后，有时听人在我名字后面加上同志两个字，还觉得很可笑。到了如今这把年纪，坐在属于自己的家里，拿着自己作为户主的户口簿，看着早出晚归的妻子，听女儿牙牙学语，想起"三十而立"的名训，读到二十七八岁的将军们的故事，心中总有一些惶惑，我确实长大了吗？有一次，到西安去看望一位阔别几年的大学时的好友，两人独处一室，总想重温一下过去那种亲密无间、嬉笑打闹的生活，却终未能够。总是相坐面谈，以至通宵达旦。就是一个人独处，也不能那样毫无顾忌地大声朗诵了。与人相遇，也不再扬手而呼："哈罗！"而是颔首而问："吃了么？"骑车上街，也不再单手扶车把，一个劲儿地捯车链。我想，我确实长大了吧。尤其是看到一些作者简介，比我年轻而成就大的人越来越多，便心生羡慕，又心生惭愧，同时也有一种强烈的只争朝夕的感觉。

籍贯：甘肃合水

我出生在甘肃省合水县一个名叫丁家咀的小村，所谓"咀"，是指沟与沟夹峙着的、由塬向山过渡的细长斜坡。丁家咀尤其长，远远相望，像是朝天而去，所以原来叫朝天咀，以后不知什么原因又改了。反正这个村子没有一户姓丁的。甘肃省原本就穷，而合水是尤其穷。虽叫合水，却极其缺水。既没有山清水秀的自然风光和遐迩闻名的特产，也没有出过什么历史名人。就是大学生，在我那个村，从古至今，也唯我一人。到外地，曾有人问我："你们那里什么比较有名？"我只好解嘲地答道："除过我还有点薄名，什么也没名。"认真说起来，比较值得一提的是，1973年曾在马莲河畔挖出过一头迄今发现的保存最完整的剑齿象化石，被列为世界之最，现在陈列在北京博物馆。另外就是解放战争时的西华池战役，有些书约略提过。当我告别那个故乡小村时，我曾经想，即使流落城市街头，今生也绝不再回到那个地方生活。如今在城市生活已有十年了，大上海的繁华、首都北京的历史文化，也都领受过，不但没有流落街头，生活得还比较富足适意，但我却越来越思念故乡了。那里绵延的黄土，淳朴的民风，独具特色的剪纸、刺绣、皮影等民间艺术，翻滚的麦浪，朝霞落日，甚至吆牛喊羊的声音，都是让人断不了的念想。尤其是在那样艰苦的条件下，从不怨天尤人、生生死死都为了那块黄土地的子民们自强不息的精神，想起来就让人感动和振奋。

文化程度：大学

那几年，刚恢复高考不久，考大学便是中学生终极的目标和家长的全部希望所在。尤其是对于农村的学生，国家停止了在农村招工，上大学就成了跳出农门的唯一途径。考上大学，被视为是光耀门楣的大喜事。我幸逢其时，真正体会了"十年寒窗，九载熬油"的艰苦滋

独屋里的灯

味。学习的辛苦还在其次,生活的艰苦至今不忍回顾。家离学校远,每周星期六回家取一次干粮。那时候农村光景不好,所谓干粮最好的是又黑又粗的麦面馒头,差的就只有米面馍、玉米面饼、高粱面卷子。夏天背不到学校就已经馊了,向开一掰柔丝若藕。冬天冻成冰坨子,吃的时候有时要用砖才能砸开。学校只有一个水灶,烧几锅开水,一分钱一大搪瓷缸子。买一缸子开水,馒头向里一泡,撒一撮盐,就是一顿饭了,天天如此。宿舍是上下两层的大通铺,住三十多人,夏天还凑合,冬天也不生火炉,床上铺一些麦草就要硬挺着过冬。洗脸水要到水灶上用缸子端,大家都没有脸盆,互相浇着洗,天太冷出不了门,就在宿舍地上洗,因而冬天的宿舍总是满地冰泥。尽管如此,晚上学校熄了灯,老师一个一个监督着睡下,待老师一走,又摸黑爬起来,点着煤油灯看书。由于没有全国统一教材,而高考题又偏难,所以高考辅导书、复习资料就特别多而又抢手。但同学们互相封锁,绝不互通有无,好像竞争就在同班展开一样。有时候借一本书而不得,就常趁人走了,偷偷地拿过来看过,又放回去,同学之间的关系也很紧张。艰苦努力几年,我总算考上了。上大学对我来说,从来没有"原来如此"的感觉。城市的生活、校园的环境、教学的方式,一切都是那样新鲜、诱人,总令人渴望拥有和求索。可以说,我是在大学才真正开始读书的,也是在大学开始学着做人的。我的几乎所有知识、修养、能力都是在大学得到的。虽然这几年大学生不再那么吃香,虽然面对一个连初中也没有上完、现在摆菜摊的老同学,我不敢报出自己的月收入,但我无愧。我觉得,我所付出的一切,值得。我应该得到的,已经得到,或正在逐渐得到。大学毕业,我虽不为之骄傲,但我庆幸。

职业:教师

教师作为一种职业,首先为了谋生。而且,任何一种对社会有益的事业,都具有崇高的意义。所以,我一向不认为教师能比其他职业高尚多少,也觉得当不起"太阳底下最崇高的职业"这样的美誉。但我确实喜欢当教师。在如今这个社会,教师地位低下、收入菲薄,志愿当教师的人越来越少,但我却选择了教师这个职业。我说选择,是因为我本来完全可以不必当教师。我是学中医的,中医被认为是黄金的饭碗,永恒的职业。尤其是这些年,做个中医大夫,是有很多实惠的。我毕业原本也是要分到医院去的,后来经过努力,才到了学校。我觉得,无论在社会上有多么失意,在单位上有多少不顺心的事,心中如何烦恼,只要一上讲台,面对学生,就恢复了自信,就有了一种君临一切的感觉。一节课讲下来,胸中所有的块垒全部消散。一个假期不讲课,心中歉歉的,很失落。有时候,因为某种原因,心中想不好好讲,一上讲台,也由不得自己了。当了七年教师,我发觉把教师喻为蜡烛确实贴切。无论谁,一旦让这个职业点燃,便只有燃烧,绝不会自动熄灭。所以,清贫也罢,卑贱也罢,无论如何,我是决意要在这三尺讲台上实现我终生的抱负了,做一支心甘情愿的蜡烛。

  我对自己有个大致的概括:写诗的,作文的,教书的,看病的,是男的,不是女的,不很年轻也不太年老的。写诗不是专业,作文不是专业,教书也不是专业,看病才是专业,却没有搞专业。

《飞天》1995 年第 2 期

随笔

SUI BI

独　　屋

独屋是我书房的名号。

其实,早在上大学时,我只在集体宿舍里拥有一床一凳的时候,就有这个名字了。而且,还往往在诗文的后面署上某年某月某日作于独屋,像是真有这么一个书斋似的。还以此为题写过一首颇有口碑的诗,发在当时很有影响的一家大型刊物上。诗的第一节是:"骄傲是大门/冷漠是锁/孤独在里面/永恒。"写的已不是"屋",而是人,是我。

及至参加工作,才有了一间自己的房子,楼的最底层,最顶头,朝北。还有两个大窗户,一朝北,一朝东,朝东的一个开向两栋楼间的甬道。房子很老旧,拱形的屋顶,暗黑暗黑的。密封不好,窗缝开裂,玻璃碎拼,四季不见太阳,常年可纳八面来风。朋友们戏称山顶洞,我却正儿八经用宣纸写一横幅"独屋",贴于门上的玻璃。就是这样一间房子,我却感到心满意足,可在其间狂歌高吟,就灯夜读。有时天光四放,却高卧不起;有时通宵达旦,读写不辍。既不受别人影响,也不影响别人。有一个冬夜,炉火恹恹,朔风卷帘,穿着大衣赶抄一份稿子。于凌晨五点,写完最后一个字,竟睡倒在案头,也未觉其苦。

结婚生子之后,一家三口连带保姆及双人床、组合柜都挤进这间独屋。一家人的活动空间只有床与柜之间尺把宽的一条小小通道。我仍然给自己辟出一块领地,安置一张写字台、一把椅子,在临窗的地方。在孩子的哭闹、大人的吵嚷、电视机的喧哗,以及鼾声、呓语声

独屋里的灯
DUWULIDEDENG

中坚持我的读书写作。后来有学生说,我的灯是全校灭的最迟的一盏,每次从校园走过,看见我那一帘灯火,便觉温暖和鼓舞。

去年初,终于分到一套三居室的楼房,四楼,我选了通往阳台的那间作为我的书房。"独屋"之名终于名副其实,才终于把我的读书写作从家庭日常生活中分离出来。在这样的房间里,尤其在静夜之间,若漂浮在黑暗之上,若置身于万类之上,心底也变得特别高远明净。一间独立的屋子,就是一个独立的个人世界,阳台与外面的世界相通。书中风云,笔底波澜,尽情挥洒吧!

书生之有书房,并不单是拥有一个可读书的地方,更是心灵休憩之所,是思想自由驰骋的空间。

《甘肃经济日报》1995年4月22日

栅　　栏

平日里,总有那么多烦烦乱乱,在心里,缠缠绕绕,剪不断,理还乱。总想有一个清静的去处,独自一个人,想一个究竟。可到处都是市声俚语,人迹兽踪,红尘滚滚,任把那间斗室叫作"独屋",哪里却有真正孤独的时刻?有时候,心里便恶恶地想,人不过一堆分子的聚合,与其这样无穷无尽地烦恼,何如任其随风飘散,逐水流逝。可是,待回头,看见父母妻女,老者老,幼者幼,就有一种牵肠挂肚的疼,总不忍掉头而去,却又不能"既来之,则安之"。只有无奈地活着,而烦恼又加了这生不得、死也不得的一层。

直到有一天,远离尘嚣市俚,携一席草荐,面一围矮矮的栅栏,在一艘客船的甲板上,抱膝而坐。船无言而行,海无语而动,连偶尔斜斜飞过的不知名的海鸟,也哑了鸣声。远山已经远得没有了踪影,家也缥缈得不知在何方,亲人朋友们更是模糊得不知形容了。同船的人都进了舱房,只有雨细细地飘洒下来,更加渲染了那种静默和岑寂。置身在旷荡的海上,真如进了天国一般的境界。心下便油然地窃喜,如果此刻,从这矮矮的栅栏上,一步跨了过去,而且确实只消一步就能跨了过去,万般烦恼,诸多不遂,一脉尘根,就算从此了断。没有一声惊呼,没有一点骚乱,不着一丝痕迹,不留只言片语,溅起的一朵小小的水花,也会转瞬销殒。那么宁静,那么平和,就连家人,也会认为只不过是又一次比较长久的出门远足,丝毫不会影响饭桌上多摆一副碗筷的温馨。心已经跃跃欲试了,身却懒懒地不动,便想,这

独屋里的灯

生与死就这么一步之遥，一围矮矮的栅栏之隔，要跨过去，却这般的不易。久久向往的解脱，投足便是，却没有了移步的勇气，心中便只恨自已的怯懦和无为。

这时，起风了，雨也大了，沙沙地响，打在脸上，凉津津的，像女儿的吻。所谓蔚蓝的大海，彻底换了一副青黑的面孔，翻着滚滚的浪，只有船犁过的地方，留两拨白白的痕，又骤然弥合。风更急，雨更骤，海鸟跌落，又弹起，嘶哑地叫着，却总不歇翅。平稳的船开始晃荡了。不远处，有一艘小小的渔船，在波峰波谷之间，颠颠簸簸、高高低低地行进。船上隐约有人，穿梭忙碌，仿佛还有渔歌、号子的声音，被风撕扯着，时远时近，时真时幻。随着无忧无惧、坦荡昂扬的歌号，似有一股强劲的力，蹈海而来，凫水而来，威慑心魄，震悚心魂。远望风中的飞鸟，浪中的渔人，想起远在西北高原的黄土地上，劳苦终日的父亲，我才真正地感到自已的怯懦和无为。那些往日今日的烦恼，此生来世的思索，显得那样的虚伪和无端。所谓的栅栏，其实早已横亘在自己的心中，那就是对生、对尘世的留恋。便逃回了船舱。

第二天早起，风停雨歇，天还未大晴，太阳躲在厚厚的云层后面，只把万道金光抛洒出来。背依栅栏，留一张逆光的影，船已靠上了码头。在挤挤挨挨的人群中，走下舷梯，脚下的土地，好似睽违已久，感到那样坚实、那样亲切。缭乱飞吻的优美弧线，喧闹嘈杂的嬉语欢颜，尽管与我这个仍然身在异乡的异客无关，但我好像经受了一番洗礼，心情已迥然不同，自觉也像到家了一样，面对仍然很长的前路，步子不由自主地快了起来。

《陇东报》1993年9月28日

有鸟叫的房子

每天清晨,从梦中醒来,总能听见一大窝叽叽喳喳喧闹的叫声,让人忍不住要瞭望窗外的天空。我不知道这都是些什么鸟,我也从没有试图去探访它们。我只知道它们每天早上就这样叫着,叫来春夏,叫去秋冬。它们中的一只两只,偶尔也会跳上我的窗台,瞪着圆圆的小眼睛,充满好奇又惊恐不安地窥探一下,然后兴高采烈地去告诉同伴它们发现的秘密,又是一阵更热烈的吵闹。我很清楚,这是它们自己的歌,是一只鸟唱给另一只鸟的歌。也许是绵绵的情歌,也许是忧伤的思念,也许是背叛的愤怒,也许什么也不是,就是孩子式的嬉戏,就是想唱就唱。它们不是唱给我的,有我没我都要唱。我不必自作多情,像个怨妇,"打起黄莺儿";也不会像个怀春的少女,希望鸟语能带来什么好消息。没有哪只鸟会为我歌唱,但我听到了,我喜悦。每一个早晨就这样在喜悦中开始。我家住在临近郊区的地方,是一个深宅大院。我住的是院子里最后一栋,墙外就是农宅和田地。房头边,有三两棵树,大概就是鸟鸣出发的地方。这里都是一些不知名的普通的鸟,只会叽叽喳喳、嘈嘈切切,没有莺啼鹂啭,但这是真正的鸟的啼鸣啊,是大自然的声音。在这红尘滚滚、市声喧哗的世界,清清脆脆的鸟鸣,是多么珍贵与难得呀。如果说一叶一秋的话,一鸟就是一林。不是有人专门把流水和鸟鸣的声音录下来出售嘛,我是卧享自然的清音啊。在众鸟和鸣中,春种秋收时有一种独特的声音,布——谷,布——谷,我的老家把布谷鸟叫"姑姑等",还有一个凄婉的传说故事。这种鸟的语言翻译成本地话,确实很像"姑——姑——等"。每当听到布谷鸟的叫声,就仿佛回到了童年,回到了天地澄澈的田野。不过,我想布谷鸟是城市最孤独的鸟,很少有人会在乎它们的呼唤,也很少有人会对它们的呼唤做出回应。我还算是它们的一个知音吧。我是一个喜欢简单生活的人,入住这套房子的时候,没有做任何的装修,楼上又跑了几次水,屋顶和墙壁上片片斑驳。老婆早已不满,她是一个喜欢按照自己的心愿改造世界的人。满足她的心愿,是我的责任,搬家的日子可能为时不远。现在,开发商的房子,有一畦绿草,就叫花园,有半亩方塘,就敢叫山庄,哪里还有我这样有鸟叫的房子,纯真自然的鸟叫。我的家临近市郊,是真正的陋室,但因为有鸟的叫声而生动,因为有鸟的叫声而充满田野之趣。我喜欢,我留恋。我转让这套房子的时候,一定要转让给一个听得见鸟叫的人。

2007 年 6 月 10 日

老　　家

老家是什么？

老家是有父有母生活着的地方，而且一定在农村，有鸡鸣犬吠、袅袅炊烟，有许多你喜欢或不喜欢的乡风民俗，当你彻底走出这里并有了自己的新家，农村这个父母生活着的家就成了老家。老家也是一种血脉和感情，好些年前，我曾在一首诗中写道："老家就是清明中秋这样的时候／望着远去的班车／总想捎点什么的感觉。"

父亲去世以后，母亲随我来到了城里，老家就剩下一处颓圮的土庄院、一处无人居住的瓦房和父亲的一座新坟了。那条黄狗还在老家的院子里卧着，摇尾乞怜，每天等待那一顿别人送来的残汤冷羹，苟延着性命。

十七岁时，在父母迷离的泪眼中，背负着乡亲们捧送的红枣、核桃，我的身影便在老家变得越来越模糊。二十四年的岁月里，求学上班、结婚生子，我在城里为自己的前途生计奔波着，父母在农村自己的承包地里忙碌着，平日里就像两个毫无关联的人家，在各自的生活轨道上运行。农闲时，父亲或母亲也会来城里住上几日，虽然都是短短的几天，总是说这儿不习惯、那儿不习惯，放心不下鸡，放心不下狗，匆匆地走了。有的时候，我也会抽身回一趟老家，又总是因为这事那事被呼叫着，常常住不上一个夜晚，也匆匆地走了，都像是做客似的。与老家最多的联系，就是各种各样的亲戚，吆喝着我的小名一路打听到我的门前，在说出需要帮忙办理的事情前，总是先要费力地

独屋里的灯

讲解一番他们与父母甚至祖父母外祖父母曲里拐弯的关系,一次一次让我明白了我与老家盘根错节的关系。只有到了春节这样的时候,不管千里万里,老家是必须奔赴的地方。往往一到腊月,就开始谋划着给父母买吃买穿,给亲戚们买礼物,给孩子们换零钱,置办齐备,直到放假的那一天,才急急忙忙踏上回老家的路。

前些年交通不便,回老家的路也是一条艰难的路。携家带口,大包小包,又值春运最高峰期,好不容易挤上班车,到了县城,还有十华里不通班车的土路。老家条件也不好,越是除夕夜,用电量越大,连电视机也带不起来,过罢春节上班,别人津津乐道着春节晚会,我却什么也不知道。加上风高土燥,气候寒冷,妻子女儿不适应,我也有些烦怨,觉得是个负担,一过罢年,就匆匆走了。在这聚散离合中,父母一年一年老去,现在父亲又彻底地离我们而去,母亲进了城,再没有老家让我牵挂了,再没有看见班车想捎点什么的感觉了。父母不在老家,亲戚已不再是亲戚了,也少有人找我帮忙办事了,春节也不必一定回老家了。再回老家,只有清明、十月初一这样的时候了。老家已没有了暖暖的热炕,没有了熊熊的炉火,也没有了融融的团聚,只有一团点燃在父亲坟前的香火,表达着我对父亲的祭奠、对老家的情感。

老家啊,二十四年前,我的身影在父母的泪眼中变得模糊;二十四年后,你随着我父亲坟前的纸灰变得遥远。我拥有老家只有二十四年,老家拥有我一生一世。

2006 年 12 月 29 日

那一天的夕阳

那是1982年7月9日,"黑色七月"最残酷的日子。我从高考的考场走出来,尽管考物理时有一张考题我压根没看见,也没有心情懊丧;尽管自觉肯定能考上,无论好坏,但也没有心情高兴。真像泄了气的皮球似的,轻轻飘飘、晃晃悠悠地走出校门,连回望一眼的力气也没有。是非成败像是上一辈子的事,这痛苦的一页总算揭过去了。"十年寒窗,九载熬油",总算熬过来了。

走在回家的路上,气候炎凉、田野景色,对我都毫无触动。大脑一片空白,人也好像空空荡荡的。这条走了六年的乡村土路,每次都走得匆匆忙忙,匆匆地回家取干粮,忙忙地赶回学校上课。只有那一天,走得懒散,走得满不在乎,甚至好像根本就不知道要往什么地方走。

我缓慢地前行,夕阳缓慢地后退,往常一个小时的路程,竟走了半个下午。看见家的时候,夕阳已站在西山顶,硕大、鲜红,真是夕阳如血啊!母亲正在夕阳的光辉里,坐在崖畔翻晒黄花菜,我一声不吭地瘫坐在母亲的身旁,好久没有说一句话。母亲问我考得怎么样,我只笑了笑,没有回答。这时,满眶的泪水一下涌了出来。母亲再也没有说话,默默地干着自己的事情,我就那样坐着,默默地流自己的泪。

后来,我真的考上了大学,虽然不很理想。如今,时隔十三年了,我总忘不了那一天的夕阳,那如血的夕阳。那是我艰苦但火热的中学生活的一个圆满的句号。

《甘肃广播电视报》1996年3月3日

独屋里的灯
DUWULIDEDENG

十月一，送寒衣

阴历十月一，是民间为故去的亲人送寒衣的日子。

秋风已尽，寒冬又至，鸟儿们都在忙乎着为自己撕扯草絮，铺垫一个温暖的小窝，主妇们也在为一家老小准备过冬的衣物。长眠地下的亲人们，你们的冬天肯定更加寒冷。

早几天，街上就摆满了摊位，出售香烛纸表，面值数万、百万的冥币，足以乱真的人民币，还有形形色色纸的衣服。故去的人与亲人的联系就剩下一张纸了，连衣服也是一张纸。

这些事原本与我无关，顶多是看到以后一声叹息：又到十月一了。可随着父亲的去世，这个日子就与我有了深切的关联。

忙完单位的事，已近中午1点，匆匆驱车赶往老家。自父亲去世以后，所谓老家，就只有孤零零躺在地下的父亲了。每次回老家，再不用准备吃的、穿的、用的，也不用因为什么事意见不合而争执生气了。坟墓中的父亲是孤零零的一个人，坟墓前的我也是孤零零的一个人，地下的父亲无言，地上的我也无言，来来去去，只为烧那一张纸，儿子对于父亲不就是香火吗？

仅仅一年多点的时间，父亲的坟头上已经长满了荒草，在寒风中凄凉地摇曳。我不知道，坟头的荒草，是不是故去的人的心事；我不知道，穿过荒草的风声是不是不可言说的话语。我知道父亲有许多想对我说却没有说出的话，我也有许多想对父亲说而没有来得及说的话。可此时此刻，我不想说，也不想听，逃也似的走了。

特别的日子,总是有点特别的征候。早晨的天还是晴的,到了下午居然飘起了细雨,进城的时候,雨雾蒙蒙,黄昏早早落幕,十字路口燃起了一堆一堆的纸火。不必探究鬼神灵魂的有无,不必计较那个世界是否存在,不必在乎一张纸的意义,在这样一个寒冷的季节,在这样一个飘雨的夜晚,一张纸,就是一份牵挂;一份牵挂,就是一份温暖。温暖,是哪个世界都需要的。

2007 年 11 月 11 日

独屋里的**灯**
DUWULIDEDENG

女儿的"回忆录"

女儿今年十五岁,刚上高中。也许是受家里那一墙社科书的影响,从小善写。考上高中以后,小小年纪,居然写了一篇《我的成长回忆录》,全文一千七百三十九字,内容如下:

回首许多往事都觉得可笑,拾起很多碎片杂物,上面其实都是我成长的见证。没想到无意间,竟走过这么多时光。

一年级,留着妹妹头,穿着娃娃装,笑起来眼睛眯成一条线的小女孩,曾经被一个比我大几岁的不良少年抢劫过,竟侥幸逃脱了,保住了身上仅有的一毛钱。

二年级,竟然出乎意料地考了第一名,结果误被班主任老师填错了成绩,还是没当上三好学生。以至于后来每年都有形形色色的同学当三好学生,而我却是始终没当上。无奈!

三年级,考砸了数学,最后一道应用题愣是做不出来,最后竟然还抱着监考老师的腿哭了半天。(这大概是以前做过的最离奇,也是最丑的壮举了吧!)

四年级,开始迷上了《哈利·波特》,也有了一些奇奇怪怪的举动和想法。总是一个人念念有词地念着咒语,希望在十一岁的时候也能被霍格沃茨录取。结果到现在被我念过咒语的东西,依然如故,只是有点旧了,而且,至今也没被魔法学校录取。我想,大概是我没有这种天分吧!

五年级和班上一个酷酷的女生一起迷上了F4(其实原本是她迷,

我眼热,也就跟上一起迷)。抄F4的歌词,背F4的经典名言,买F4的仿真照片。还和该女生搞了一个名"SH2"的组合(我发誓,那会儿,我们绝对不知道SHE),她作曲,我写词。那些词本来被我埋到家属楼后面的空地上了,只是现在那片空地已经被盖了楼,我想可能再也找不到了。

六年级,投了两次稿,第一次给人民教育出版社写批评信,批评他们插图画得不像;第二次给一家报纸投了一篇散文。结果两件事都有了回音,出版社回信说会改进,文章被刊登了,末尾还对我写了"学习进步"之类的祝语。想当初自己没写祝语,有点过意不去,现在想以前还是嫩了点。不过,后来我看了下一届的课本,插图和以前还是一样,而我也没有再向他们寄批评信。

初一,我喜欢上了周杰伦,并且喜欢得一发不可收拾,无法自拔,而且现在依然喜欢。曾经极力向别人推荐周杰伦,试图让别人也喜欢他。后来功夫不负有心人,也拉拢了一些人,其实也没必要,想想Jay有那么多粉丝,也不会在乎我动员的这一两个。有时候还会为Jay和别人斗嘴,想起来也蛮有趣的。

初二,开始写日记,其实我有两本日记:一本是记自己隐私的,不常写;一本是公开的,天天写。这本公开的大多是风趣轻松的,而那本隐私的是阴郁忧愁的。我这个人从来不愁写日记(当然是公开的),因为我可以就一件事、一个人,扯好远,扯好多,这大概就是我的特长吧。可能,不,是肯定是,因为我太懒,所以公开日记写到初三就停手了。不过,过去那厚厚的一本可还是回味无穷呀!

初三,学习开始忙了,整天就是学习,学习不敢怠慢。不过在闲暇之际,和同学在一起谈谈明星八卦,侃侃对方的"绯闻"。就诸如你和某某怎么怎么了,你们的八个孩子户口都上了吧等等。虽然没意义,这些话题就像垃圾食品一样,没有用处,却令人轻松、愉快,喜欢回味。

我不是一个很有天分的孩子,从小爱画画,却画得不好,而且没

独屋里的灯
DUWULIDEDENG

勇气告诉别人,自己门上贴的那些画不是临摹,而是自己用纸印画出来的。十岁时曾和别人一起再度学画,当别人画的美女都有身材形状时,我的美女还是一个水桶样。

我是一个很怀旧的人,我屋子的各个角落里都有我儿时的痕迹。因为年代久,舍不得扔,所以会经常看到一些幼稚可笑的小玩意儿,那都是我的童年。有些东西在你身边久了,已经成了一种习惯,戒不掉,因为有了感情。

我不是一个很善于表达感情的人,所以可能常常被人误认为不在乎。可能连我最亲近的人也不一定了解我,因为我的感情始终埋藏在我内心深处。我从来不会,也不懂得宣泄出来。所以,请原谅吧!我是一个喜欢收藏的人,合情合理的,怪里怪气的,只要我看着顺眼,都会纳入收藏。像贴纸、花信纸、海报、贴花、硬币、一毛和两毛的纸钞,还有什么挂坠上掉下来的饰物,一个衣服牌子,还包括一个长方形的青色石头……这些形形色色的东西,都是我的收藏。从这方面看,我其实还是一个蛮富有的人。

我不是一个喜欢用感叹词、感叹号的人,但是今天我用了,而且用的还不少,可见我今天的心情不是平淡的,感情不是深沉的。这源于整理抽屉,发现了许多令我怀念的东西,所以就写了这个。自己也就澎湃了起来。

作为一个即将上高中的我,我不知道后面的路会怎样,会如何艰难,能走多远。我想,既然选择了,那就去面对吧!

这就是我十五岁的女儿,这就是女儿的十五岁,这就是我十五岁的女儿的"回忆录"。

2006年10月29日

我家老布

老布有多个称号，但你喊哪个他也不应，只有喊布谷的时候他才抬起头瞥你一眼，心情好的时候也会绽放一个灿然的微笑，还是不应。

不是老布傲慢，欠通融随和，而是他确实不会答应，明天他才满九个月。

老布是我九个月的小儿子。

布谷是他的正名，说是正名，实际也只是一个小名，到现在还没有大名。

老布还在孕育的时候，我就颇费心思地给他考虑名字。一个周末的下午，躺在床上，听见布谷鸟远远地叫着，仿佛把我带回童年的高天远地之中，心有所动，就叫布谷吧。随后的几个月时间，一直在思考一个更好的名字，没能如愿，直到出生以后，在护士疑惑的眼神中在他的出生证上写下了马布谷。

老布是我和他十八岁的姐姐对他的昵称。不过，他对这种亲昵好像并不认可，整天老布老布地喊，他并不给任何回应，他认可的自己就是马布谷。

老布并不是我对他唯一的昵称，对他的称呼总是随情随境不断地变化着。两三个月的时候，他躺在客厅的小床上，沐浴着春天暖暖的阳光，心情也格外灿烂，两只小手挥舞着，小腿欢欢地蹬着，给他的腿下放上一堆的彩色皮球，蹬得更加欢实。那腿一下内收，一下又外

独屋里的灯

撇,盘带,过人,射门,像是有动作要领似的,全身都在抖动,如呼啸在绿茵场上的一员猛将,老布就成了马蹬蹬。

把他尿的时候,下面接一个大口的盆子,有时候还是泄到了外面,感叹尿得真远的时候,老布自然又成了马尿远了。把他拉的时候,小小的孩子,有时候拉得真多,"马布谷拉得真多呐,纯粹是一个马拉多纳么"。老布很能吃,他至今唯一一次病就是吃出来的积食,又吐又拉,但那个小嘴,看见大人吃东西时,动来动去的样子,像小燕子一样,由不得人要向里面喂点什么,这时候的老布自然又成了马猪猪。

《猫和老鼠》是我百看不厌的动画片,看了好多年,只要遇上还要看。有了老布以后,再看那只小老鼠,小小的,圆圆的,咕噜着一双小眼睛,就像我家老布,于是老布又有了一个洋名:杰瑞。

杨漪给我们许多同学的孩子取了名,老胡的女儿叫胡筱,老别的女儿叫别思思,都是很巧妙的女孩的名字。老布出生以后,杨漪说就叫马牛牛吧,牛年出生的男孩子。我没有采纳,但同学们都知道,见面之后就问"马牛牛乖着吗"?在我的同学圈子里,老布又成了马牛牛。应着这个名字,每次要给老布穿纸尿裤的时候,我就说"把牛圈住",脱的时候就是"都市放牛"(曾经很火的一部电视剧的名字)。关于纸尿裤还有一个笑话:有人曾经很认真地对我说,他想不通,为什么要给孩子穿止尿裤,止住不让孩子尿尿怎么成呢?而在老布的奶奶、外婆、姑姑的嘴里,恐怕是布谷的音不好发,就又成了"布布""谷谷",或者所有孩子通用的"狗狗""蛋蛋""乖乖""宝宝"。我对老布最亲昵的称呼是"我的布娃娃"。

仔细观察一个小孩子,他每天就重复着那么几个小动作,变化很小很慢,但是极有意思,我说就像看韩剧,看似没有多大意思,但总吸引着人几十集、上百集地要看下去。我一直在看这样一部叫作《老布》的韩剧,我倒是真心希望老布的一生就是一部韩剧,温温和和,家长里短,千万不要变成国产的情感戏那样虚情假意,也不要演成好莱坞的警匪片跌宕起伏。

在这部韩剧里,最经典的情节,都成了他的称呼。对老布这样随心所欲地呼叫,可能让他觉得很乱很烦,有一天他要开口说话的时候,第一句话可能就是:你一天胡喊什么呢,难听死了。为此,我正在努力为他取一个堂而皇之的大名。我中意的是马已丑,他已丑年出生,已丑为牛,古朴,质拙,但还没有被认可,主要因为一个丑字。那就只好先乖着吧,老布。

2009年11月11日

独屋里的灯
DUWULIDEDENG

想念朋友

大学刚毕业那阵,朋友们还时不时地寄封信来,说说刚入社会如意不如意的事,回忆回忆学生时代的生活,重温一下旧情。近处的朋友,也隔三岔五地聚一聚,或一杯苦茶,清谈半宿;或三杯两盏淡酒,喧闹通宵;或者呼朋引类,成群结伙,拣一块郊外的野地,指点江山,激扬文字。三日不见,也要打个电话,通通音讯。虽曰单身生活,实际上一直处于友情的温馨之中。逐渐地,远方的朋友,音讯渐疏,以至于将绝。只有极少的几个至交,才在节前年关之时,寄张卡片,或写封电报式的短信,报告一下"我很想你"的消息。而平日里的信件,大多都是因那一点薄名,引来的铅印、油印的"××名人大辞典入选通知""××大奖赛征稿启事"并告缴银若干之类的"垃圾信件"。身边的朋友,要么有了兼职,要么开办了公司、当了老板,突然都变成了大忙人,已经很少登门了,虽说同处小城,也三两个月、一年半载,难得见上一面。

而我个人,一方面迫于家计,一方面为顺应时代大潮,也兼了点校外的课。骑车从北到南,东奔西走,掐时赶点,往来穿梭。一天下来,也累得个半死,想访访朋友,心有余力不足;想给朋友写封信,结婚生子之后,酸辣苦甜,千言万语,一时也不知从何说起了。尤其是对过去的一些异性的朋友,更有了许多顾忌,不知怎样下笔。所以,虽说已成家立业,却常有一种难以排遣的孤独和落寞。现在,虽说有了工资,还有外快,却更加怀念过去一文不名、相约黄昏、漫步长街之时；现在，虽说有了家室，灶具齐全，却更加怀念往昔的光景，一包花生米，二三知己，送四五两老酒下肚，已六七成醉，便畅言无忌，天上地下，古今中外，无所不谈，但也八九不离十，总不外乎文学、艺术。朋友们的言语，总能激发人许多深沉的思考，调动许多生活积累。一场酒喝下来，总有灵感随之而来。醉眼蒙眬中的作品，总令人摇头晃脑、低回不已。

可是，俱往矣！如今朋友们大多都是为柴米油盐而忙碌，为赚钱而大伤脑筋，难得见面。偶尔一晤，也都心情沉重，满脸沧桑。要是谈及文学艺术，好像不是自己曾热衷过的事业，而是儿时的梦想了。

我总想，人无论富裕，或者贫穷，总还需要朋友的。友情，本身就是一笔财富。所以，我才非常想念我的朋友，尤其想念我过去那些真诚、单纯而又半痴半傻的朋友，尤其在这寒冬的夜晚，在这一元复始之际，风寒夜冷，远远近近的朋友们，请珍重加衣。

《陇东报》1994 年 5 月 12 日

独屋里的灯
DUWULIDEDENG

酒坛醉事

每大醉一次,就如同死一次。酒醒之后,就好像从死亡线上刚刚挣扎回来。睁开眼,待明白过来自己还在床上躺着,好一阵惊喜:居然又活过来了。

男人天生好赌,有的人赌钱,有的人赌命,赌钱是赌,打架是赌,喝酒也是赌,赌的方式不同而已。每个男人内心深处都有一个英雄梦,战胜别人,打遍天下无敌手。我之喝酒就属于这一类。因为我平素除过喜欢喝点啤酒之外,滴酒不沾,再好的酒也不喝一口。只有在与人相聚的时候,只有在划拳输了的时候,才不得不喝。

我划拳始于上大学时。刚开始学习,就深深爱上了这种短兵相接、类似肉搏的游戏,并且进步极快,短时间就少有人能匹敌了。有一次上自习时与同学待在宿舍较量拳术,被值周老师逮了个现行。第二天课间操时,一位同学骗我说,已经公布到大门上了,好让我恐慌了一阵子。不过,因为那时候穷,实战的机会很少。有一次和几个同学喝酒,酒喝完了,就划拳吃辣椒酱。毕业前的一年,去青海的西宁实习,那里喝酒的风气很浓。由于实习期间有一些补助,手头相对宽裕一些,所以酒事就比较频繁。常常是二块二毛九分钱一瓶川曲酒,一斤油炸大豆、一个橘子罐头,两三个人就可以开战了。很快就喝出名头了,号称"西宁酒家",这个尊号也被别人所公认。那年的元旦,要回一趟学校,同学们知道消息老早在宿舍包好饺子、备好酒等着。那真是一场"恶战",几乎全年级会划拳、能喝点酒的男生都上场了。喝到凌晨两点,没酒了,学校附近的商店都关了,几个不服气的就跑到火车站去买酒。最后,该领教的领教了,我也大醉了。直到第二天下午,又要去赶另一场酒事,坐在公共车上,仍然晕晕瞪瞪,辨不清东南西北。从此,"西宁酒家"的名声更加远扬。

毕业之后,先在学校教书,后来又调到电视台工作,交际圈子广了,国家和个人的经济情况好了,又乘上了大吃大喝的不正之风,酒坛的战事便越来越频繁。加之,我在酒坛有很好的人缘,一是拳划得好,二是公正,从来不耍赖。所以,总是有人向我挑战,我也总是有求必应。这样便逢喝必醉,几乎每次都大醉而归。

我无论醉到什么程度,总能找到回家的路。在学校教书时,有一次在外喝醉了,骑着自行车回家,走到学校所在的一条巷子,晃晃悠悠地骑不住,就下来推着走,走几步却跌倒睡着了。但是,潜意识里一直有一个想法:一定要走回去,睡在路上,第二天学生上学时看见就斯文扫地了。在这种信念的支撑下,几次睡着又醒来,最后终于坚持着走回了家。有时候,酒场上有清醒的人,也送我回家。送我回来以后,我又要送人家,许多人说我喝醉以后送不回去,这是我在酒场唯一的坏名声。不过,最近有一次严重的例外。当时真实的情景已经失去记忆,据事后分析,大概一场"恶战"之后,别人送我到大院,我又一如既往地拒绝再送,然后踉踉跄跄、稀里糊涂到了前一栋楼与我家相应的地方,死活开不了门。别人以为是小偷就打了110,警察来了以后主人也出来了,互相都认识,找来我姑娘,才回了家,前所未有的丢人!

我的酒风比较好,喝醉以后一般不撒酒疯。以前是坚持到家以后,翻江倒海地吐,有好几次直吐得天昏地暗,只有一点点意识在想:今天恐怕过不去了,孩子这么小,怎么办?特别恐惧。我一直以为自己不怕死,其实也很怕。到第二天清醒过来,才庆幸自己确实没死。自从调到电视台工作以后,喝醉之后再没吐过,也不知道什么原因,赶回家后就昏迷了。清醒之前、喝醉之后这一段时间,就完全失去记忆了。今早酒醒之后,夫人问:知道昨天怎么回来的吗?我说:不知道。夫人说：昨天醉得辉煌，三位女士把你架回来了。这可真是平生第一遭，恐怕男人都醉了吧。

说我不撒酒疯，那也只是一般而言，偶尔也有失控的时候，我曾把一个酒店吧台的电话机砸得粉碎，也曾有酒后失言的时候。因为有过这样的经历，而且常常又失去了记忆，不知道酒后干了些什么、说了些什么，所以醒来之后心里总是很忐忑。如果有人说，你昨天可是把人丢大了，就感到特别恐慌。

我很清楚，酒过了伤身，酒过了失态，亲人们也多次告诫，但是，现在真有些"人在酒场，身不由己"的感觉了。酒名已经出去，要说自己不会喝酒，别人不信；要说戒酒，别人会有一百个理由劝你别戒；要说控制酒量，把握在限度之内，也没有可能。只要一出手划拳，就是一番不醉不罢休的较量。赢了，想赢得更多；输了，想挽回败局。这就是赌博，这就是男人的英雄梦，和平年代，没有战场，只好在酒场论英雄了。

我并不是醉生梦死之徒，我也知道，吆三喝四地划拳、劝酒、强迫别人喝酒，都属于陋习。在这个时代，也不可能像李白一样，"斗酒诗百篇"，喝出什么成就来；也不可能像柳永一样，"杨柳岸，晓风残月，今宵酒醒何处"，喝出什么品位来。每一次酒醒之后，都很后悔，每一次后悔之后，接着又醉。要是再不后悔的话，恐怕真的就长醉不醒了。这是我自己的酒坛醉事，有工夫的时候再说说别人的醉事，那将生动有趣得多。

2006 年 10 月 28 日

酒坛醉事（之二）

这一篇醉事是我一位中学同学的，这老兄醉酒的状态只有一个字：闹。闹人闹己，尤其闹狗。

同学刚参加工作时在一个乡镇政府，二十年前的西北乡镇，生活极其单调无聊，干部没事的时候就相聚喝酒，要喝就喝个不醉不罢休，醉后的热闹比喝醉的过程还要有吸引力。我的同学天性风趣爱玩，学校毕业、参加工作不久便成了制造热闹的主角。一次中午酒后，在向回走的路上，一条狗职业性地向一群歪歪倒倒的人汪汪了几声，眯眯瞪瞪的同学，一下来了精神，撒腿向狗冲去。在狗的概念里，只有狗追人，哪有人追狗的理，再说只汪汪了几声，也没怎么的，这人怎么就冲了过来，一时也没了主意，便又职业性地掉头就跑。狗跑人追，越跑越快，越快越追。那个乡镇处在一条夹板川中，河川两岸又都是些闲极无聊的人，一看见这场人狗追逐赛，瞬时都像服了兴奋剂似的，夹岸欢呼喝彩。狗看这阵势，也不敢贸然冲向两岸，只在川道里来回奔命。岸边的呼喊对狗是威慑，对酒醉的同学却是助威，狗越跑越慢，同学越追越勇，眼看无法逃脱，狗索性装起了癞皮狗，倒地而卧，看你把我要怎么样？正当看客们遗憾地觉得游戏要结束的时候，同学却兴犹未尽，也顺势倒在狗的身旁，极其温柔地抚摸着狗的皮毛，像是经过漫长地追逐以后，心满意足地追到了自己可心的姑娘，一边抚摸一边还喃喃自语：你老兄还是有钱，这么大热的天，还穿的皮袄戴的皮帽。狗自然听不懂同学的绵绵情话，总想着潜藏着什么

独屋里的灯

危机,稍缓过一点气,又奋身狂奔。同学当然也不甘心,继续狂追。狗停同学停,狗跑同学追,直追到满河道的狗爪人足,日暮西山,看客们都觉得这场追逐太漫长了,狗终于躺下了,再也没起来。同学中午喝下去的酒,在不懈追逐的路上,完成了挥发,在人们的欢呼声中,在大家的簇拥下,同学英雄凯旋般又走进了酒馆。从乡下调回县城以后,同学也没有放弃排演醉后戏狗的好剧。一个晚上,同学酒后一个人来到另一同学家。这个同学住一独院,养了一条狗。同学反复拍打大门,只听狗吠不闻人语,便攀上高墙,蹲踞墙头,狗叫,同学学狗叫,惹得全城的狗莫名其妙地一起叫。在屋里睡觉的同学,知道这位同学酒醉之后不能招惹,硬是忍着没吱声。于是这一夜,同学叫了一夜,全城的狗也叫了一夜。只是狗可以轮休倒班,同学独自值了一个大夜。

同学闹狗的机会毕竟少,闹人的事毕竟多,因为他每次都是与人喝酒的。由于同学人缘好,与他喝酒的人很多;因为他每次醉酒之后太闹,所以喝完酒以后都匆匆撤离,没人愿意搭理他。同学知道了别人的战术,也改变了自己的策略。一个夏天的夜晚,月光如水,酒醉之后,当时剃着秃头的同学悄悄摸到一个熟人家,这个熟人也住一个独院,同学一声不响地翻过院墙。由于天热,房门未关,同学便悄无声息地进了客厅,然后在地当中盘腿而坐、双手合十,老和尚般打坐起来。夜半时分,睡在套间的熟人十多岁的女儿起夜,睡眼惺忪中看见一个和尚打坐在客厅,当即吓晕了过去。

闹狗的把戏玩遍了,该闹的、不该闹的人都闹过了,同学觉得无趣,便开始闹自己。一次夜宴之后,天上下着蒙蒙细雨,同学踽踽独行,深感不闹的寂寞和寥落,但又实在无法、无人再闹了。正觉伤感之际,矗立在县城中心花坛的大象雕塑到了眼前,顿时来了精神,三下两下就爬了上去,一阵高歌,爽利无比。可是,闹够了,闹累了,想谢幕退场的时候才发现,细雨中的雕像全身湿滑,上大下小,根本找不着落脚的地方。即便仗着酒劲,从好几米高的地方他也不敢贸然起跳。同学便在象背上骑了整整一夜。

　　这些都是我这位同学前几年的酒坛醉事,广为流传,这几年再没听到有新的创造。因为,起初同学闹的时候,别人觉得好玩,后来,只有他自己觉得好玩,于是人们说,那家伙不能再喝了,再喝迟早要出事。酒场上再没有了同学的身影,他的醉事也无法续写了。

2006年10月31日

独屋里的灯
DUWULIDEDENG

酒坛醉事(之三)

前面说的醉事都是"男醉",今儿说说"女醉"。

我一直有一个感觉,这世界男人与女人的总数应该基本相当,尽管说现在男孩与女孩的比例有些失调,但还没有影响到男人与女人。可你要到火车上、飞机上、会议室里,就会明显感觉到男人大大地多于女人,酒桌上更是如此。

我很少与女人喝酒,即便酒桌上相遇,人家不喝咱也不勉强,这点最起码的风度还是有。但也有女战犯,能喝酒能划拳,遇上这号角色,我表面上应付,心底里厌恶,男人吆三喝四地划拳,本来就很丑陋,况且女人!女人要么彻底不喝,要是能喝,那就了不得。酒场上有几怕,其中之一就是怕扎小辫的。喝就难免醉,譬如刘姥姥之醉,史湘云之醉。

这位姥姥在酒场上颇有雄风,常常主动请缨,好勇斗狠,与人打杠子,不依不饶。世界上有一种男人,爱看女人出丑,这种男人最集中的地方就是酒桌。女人要是不能自持,男人肯定无耻。喝酒本来就是无聊的事,有这位姥姥在场,那就有趣多了。先是甜言蜜语,再是酸言醋语,最后便是疯言狂语,你来我往,轮番轰炸,这姥姥怎生招架?任你海量,还不是一醉方休?醉也有醉态,这姥姥每次都能醉出丑态来!一次喝着喝着内急,已经不能自理,两个男人架出来,就在酒店大楼的拐角,帮着把裤腰带解开,扶着蹲下去,还撒了人一鞋面。还有一次,与人喝罢,别人开着新买的奥迪送她,给人吐了一车。写出这些，我都觉得不厚道，但这姥姥的醉事，在这里流传太广（这也是男人的劣根，比如死乞白赖地把人骗上床，然后洋洋自得地传扬自己的风流韵事），这篇文章也发扬光大不到哪里去。

　　对于有些女人，醉也是一种美。我接待过中央电视台的一位年轻女编导，经过几天辛苦工作，结下了比较深厚的革命友谊。工作结束后，组织了一个告别酒宴。除过礼仪范畴内的互敬之外，没怎么劝，这位史表姐也明显没量，但在这场合，好像只有酒才能表达友情，主动喝了不少，直到两腮飞红，醉眼迷离。出门的时候直喊：哎哟，马老师，我从来没喝过这么多酒，我的腿软得都踩不到地上了。别胡想，我没有趁机去扶人家，不过，那种娇，那种憨，确实让人心生爱怜！

　　酒本无形，人赋其形；形有美丑，因人而异。

2006 年 11 月 5 日

独屋里的**灯**
DUWULIDEDENG

老爷爷

我每天上下班都要经过一所幼儿园。幼儿园有一个看门的老人。他每天早早起来,打扫干净门前的卫生,然后就搬一把木椅子坐在门前。一会儿,孩子们像小鸟一样飞来了,争着抢着喊:"老爷爷好!"老爷爷笑眯了眼睛,满脸盛开着菊花。摸摸这个头,拉拉那个手,忙不迭地应着:好,好。

有一天,我带着孩子路过幼儿园,看见大门紧闭着。老爷爷坐在门内的小房子里,通过半开的侧门向外张望。我领着孩子走了进去。

"老爷爷好!"孩子说,"噢,好,好,马潇潇都长这么大了。"

孩子曾上过这个幼儿园,现在都上二年级了,老人居然还记得他的名字。

老人说,他家在附近的农村,儿女都大了,老伴过世后,一个人寂寞无趣,经人介绍就到这所幼儿园来看门了。这一看,就再也离不开这些小鸟一样的孩子了。儿子来叫过他几次,他都没有回去。有一次,几个儿子一起来强行把他拉了回去。没过几天,他又偷偷地跑了出来。他说,现在家里日子不错,有吃有穿,也不缺那几个钱,人老了,最怕寂寞。说到这里,老爷爷的神情有些黯然,他现在最害怕放假,一放假,园里一下子变得静悄悄的,好像鸦雀无声的大森林。见不到孩子,他的心里就着急,发慌。说这些的时候,老人很是伤感。

过了几天,幼儿园开学了。孩子们又叽叽喳喳拥出拥进,稚声稚气地喊着:"老爷爷好!"

老爷爷依然坐在那把木椅上,菊花又开在他的脸庞。

《华商报》1999 年 10 月 15 日

感　　动

我是一个医生,记得在医科大学期间,有一次我给一家刊物投稿。稿子没用,被退了回来,中间夹了一张纸条,上面写着编辑的一段话:"字应该写工整清楚些,尤其是你将来要做医生,更应该注意这一点。"我知道这家刊物来稿量很大,编辑在百忙中,能给我这样一个忠告——从写稿到未来职业和前途的忠告,难能可贵。我把这张纸条钉在书桌前面的墙上,警醒自己。每次提起笔,总能看到这句话。

大学毕业一年多后,我收到一封来自母校的挂号信,寄信者是一位陌生的低年级同学。他说在信箱中发现一封我的信,就代收了,打听到我的新地址,就给我寄来了。那位陌生校友的信我至今保存着。

一次在一家羊肉泡馍馆吃饭,一位老人端着一大碗羊肉汤,颤颤巍巍地朝我坐的桌子走来。我顺手把一张凳子递了过去。老人很高兴,坐下后掏出两块饼,递一块给我:"小伙子,来一块,自家烙的,有椒叶,特香。"我赶紧道谢。那顿羊肉泡馍吃得很香。

持续干旱,楼上断水。午夜时分,楼下的水龙头有水了,我赶紧提着桶下楼。楼道没灯,我磕磕绊绊地下去,接上水,正发愁怎么摸得上去,却见楼梯口有一个人,挑着水桶站着,拿着手电筒说:"你前面走,我给你照亮。"原来是一个平素不大说话的邻居。我走在那昏黄的光晕里,心中涌起感激之情。

在人的一生里,都会经历一些重大的事件,但很可能时过境迁,都悄然淡忘了;而一些小的事情,却往往让人印在脑海中。就像看过

独屋里的灯
DUWULIDEDENG

的长篇小说,主要的故事、人物都会忘记,而一些细节却回味无穷。正是这样一些让人感动的小事,使我觉得这个世界的可爱、人情的温暖。在失意、苦恼的时候,能直起腰杆,一步步地走下去。即便处在生命的尽头,也会有许多留恋。

《人民日报》1995年4月28日

拥被读红楼

在这样一个微雨的初秋之夜，一盏孤灯下，一个人斜倚床栏、半拥薄衾，捧读《红楼梦》，才是一种真正的阅读。既没有急切了解故事结局的迫不及待，也没有揣摩写作方法的煞费苦心，只是单纯的阅读。

从第一次读这本书到现在的十三年里，我完整地读过六遍，信手翻一两章的次数，难以算计，这本书一直放在我的床头。每完整地读一遍，都是我人生的一个阶段；或者说，在我人生的每一个特殊阶段，都要读一遍《红楼梦》。

读第一遍的时候，高考刚刚结束，我这个理科生才有时间读这本仰慕已久的"文科"经典。由于对未来生活充满了美好的向往，加之急于了解全部故事的心情，匆匆读过，并没有留下太多的印象。只觉得锦衣美食的贾宝玉，不好好读书，太可恨了。我辈白开水泡冷馍，尚且寒窗熬油、砥砺自强，你那样不务正业、不思进取，说得过去吗？恨只恨自己不生在王侯家。

大学二年级，正处在青春萌动的时候，第二遍读《红楼梦》，很为宝黛不幸的爱情结局伤心过一阵子。那个时候觉得那个"含在口里怕化了、捧到手里怕掉了"的弱不禁风的林妹妹，真是天上仅有、地上绝无的尤物，产生过不少不切实际的爱情幻想。并且对贾宝玉那句"任弱水三千，我只取一瓢饮"的爱情誓言，铭刻于心。

第三遍读的时候，临近大学毕业。怀揣一颗雄心，即将踏上实施抱负的征程,便对四大家族由盛而衰的变化颇费了一番琢磨。

大学毕业以后,一下子从火山上掉到了冰窖里。一个寒风怒号、积雪盈尺的夜晚,一个人在一间三面透风的房子里读《红楼梦》,心里有说不出的悲戚,只好以一首《好了歌》自慰,这便是第四遍。

读第五遍的时候,心境已比较平和了,便冷静寻找文字上的借鉴意义,这是读得最认真仔细的一遍,也是收获最多的一遍,摘抄了许多诗词佳句,修正了过去许多盲目片面的观点。在这一次阅读中,我发现平和憨厚的宝钗,比偏狭病弱的黛玉更适合做妻子。作为人之长者贾母,选择宝钗,其实是一种负责的态度,我从心里原谅了她。刘姥姥这个可笑的角色,再也让我笑不出来了,谁也无权嘲笑善良和质朴。对王熙凤泼辣能干的欣赏,也超过了对她尖酸刻薄的反感。至于贾宝玉,我才真正读出了他的不同流俗的逆子贰臣的品质,他的自由恋爱的失败也许正是今天的人们自由恋爱成功之母。至于文笔,单从"岫烟""锄药""翠绿""袭人""焙茗"这些人物名字,就可见一斑了,何必再说。

截至目前的最后一遍读的时候,才真正把它当作"真事隐"后的"假语村言",抱一种冷眼旁观的态度,随兴之所至,信手拿来,翻读几页。就像今夜,冷雨沙沙,时钟沙沙,我的生命也在阅读中沙沙而逝。自然如也,真诚如也。

《甘肃经济日报》1995 年 10 月 21 日

幽　　默

我这人没有多少幽默感，但却非常喜欢幽默作品。一本《世界漫画杰作选》，是我百看不厌、久置床头的书。每每想起其中的许多作品，总令人忍俊不禁。有一幅漫画叫《停放交通工具》，画中在一大片的汽车中，有两行脚印连着的一双靴子。靴子成了停放着的交通工具，可哂。另一幅名叫《仅表同情》的漫画中，一位乞丐在路边行乞，一位绅士模样的人走过，极具绅士风度地伸出手握握，然后昂然而去，确实非常绅士。还有一幅《争艳》，两只孔雀，一只展开了美丽的屏，另一只的尾巴上顶着一盆花，看谁争过谁？一些体育漫画也极具特色，一列运动员站在起跑线上，一个又高又大的队员，背了"7、8"两个号。如果谁要推敲这些画的合理性的话，就太不幽默了。

中国人一向讲究严谨、庄重，而且非常注重精神作品的教化意义，所以总弄得很深刻、很正统。因此，中国人比较缺乏幽默感。中国漫画也是讽刺多、幽默少。在生活中，也往往是说一是一，说二是二，偶尔幽一默，对方较起真来，反倒无趣。有一次，与人闲聊，各人都计算本姓中的名人数。我说：姓马的还有一位马克思。立即有一个人反驳：人家那名字是译音。中国影视剧中的对白，也缺乏幽默感，所以常显得干巴、枯燥。记得看过一部译制片，一位女士骑马，马受惊了，这位女士惊恐中高喊：我找不到这马的刹车了！顿生趣味，令人难以忘怀。在西方，漫画刊物是很受欢迎的大众读物，而在中国，一直都把它当作小人书对待。好在这几年，随着人们生活状况、生存环境的改变，漫画书刊、作品也越来越受青睐。就这本《世界漫画杰作选》，1988年5月版，到1991年5月，印数已经达到七万三千多册，在我常读的一份报纸的副刊上，也经常能读到选自这本书的作品。

幽默画是一种艺术，而幽默感则是一种生活态度。幽默的人往往活得比较轻松、洒脱。但幽默也要掌握好分寸，如果过激的话，容易陷入油滑、轻浮。这几年中国舞台上的许多相声作品，就是一种挠人脚心式的幽默。

美国的休斯对幽默有一个定义，他说："所谓幽默是到口的肥鸭竟然飞了，还能一笑置之。"可见幽默之不易。

《甘肃经济日报》1996年1月6日

杂文

ZA WEN

序文

钢笔、手表的价值

五六十年代,小伙子身上有三件宝:钢笔、手表和军帽。那个时候,别支钢笔就代表你是个文化人。而且钢笔的多少,还可以说明一个人的文化程度的高低。别一支笔,是小学生;别两支,是中学生;别三支,是大学生。所以还闹过有人为显示自己文化程度之高,别四五支钢笔,被人误认为是修钢笔的笑话。戴块手表,不但气派,而且提示这人是公家人,要踏着钟点做事。至于军帽,则属于那个"全民学军"的时代的特殊产物,随着那个时代的结束和军装更换,已不再称其为"宝"了。而今,手表与钢笔当属低档商品,几块钱的事,当少有人为买不起而犯愁。可是,曾几何时钢笔、手表似乎也成了稀有之物。走在大街上,猛不丁地会被人拦住:"请问几点了?"在邮局、银行,如果你带着一支笔,就会有很多人瞄着你的口袋,并频频地凑到你的面前:"借用一下你的笔,好吗?"有学生、有工人、有干部,也有知识分子。那么,钢笔、手表哪里去了呢?

进入八九十年代,小伙子身上有几件宝我不清楚。但贴身的口袋大都装着气体或电子的打火机,有的一只竟值好几百元、上千元。时不时弹出一支香烟,"啪"的一声点着,很"派"。遇着相熟的人,掏出来一亮相,似乎也是一种身份的标志,令弯着腰、双手掬着划火柴的我辈乡巴佬们无地自容。而姑娘们,随身所带的或皮革或草编的精巧玲珑的小包,大都装着卫生纸、粉饼、口红之类,或许还有其他,笔者不敢冒昧一一翻检。但一律的是,大都没有笔。手腕上或是什么文身图案，或是金银腕饰，却没有表。大概是时代变了，观念变了，钢笔已不能代表你是否是文化人，戴手表也不一定是公家人。即使是文化人，是公家人，又能怎么样？文化人穷酸，公家人酸穷，早已不招人惹眼了。况且，二者都是低廉商品，佩之于身，还有失富贵人的身份。因此有人买近千元的打火机、四百元的T恤衫、二百元的裤腰带、一百多元的鞋、几十块钱一支的口红，装潢自己，显示自己高贵的身份，唯独不买三五块钱一支的钢笔。有的人观察发现，即便在大抢购的浪潮中，有一打一打地买牙刷的，就是没有抢购钢笔的。

　　但是，无论如何，书写还得要钢笔，计时仍需手表。而我们又正处在一个需要努力提高文化水平、讲求效率、重视节奏的时代，仍然需要用钢笔去学习，用手表校正我们的步伐。我们并不要求每个人都别支钢笔，戴块手表，可问题是，对于一个国家、一个社会群体而言，对于钢笔、手表的普遍冷淡，绝不是一个简单的商品消费趋势问题，恐怕也应该是一种社会、文化现象。因此，笔者认为，作为最早发明了毛笔书写、日晷计时，好学习、讲效率的祖先的后裔，作为文明古国的国民，还是应该找回我们的钢笔和手表。

　　1991年9月7日《光明日报》，获该报征文三等奖，同年11期《新华文摘》转载

三十公升人乳

据报载,山西绛县法院被当地老百姓称为"阎王殿","阎王殿"里的"阎王"就是法院副院长姚晓红。这位姚副院长患有糖尿病,听说人奶对身体好,便命干警找奶供他喝,输液用的瓶子每天两瓶,喝了一个月。

"人奶对身体好",这是自然的,否则婴儿如何长大?但人奶是否能治糖尿病,在大学学过五年中医的我,确实不知道。就姚副院长来说,患病在身,权且一试,倒也无妨。问题是,"输液用的瓶子每天两瓶",一瓶五百毫升,两瓶就是一公升,"喝了一个月",那就是三十公升。这不是三十公升水,不是三十公升油,也不是三十公升血,而是三十公升人乳!我不知道当时的绛县有多少哺乳期的妇女,又有多少妇女愿意把乳头从自己嗷嗷待哺的孩子嘴里抽出来,献给这位副院长大人。当然,这些事情不用副院长大人操劳,他可以命令干警去找奶。我也不知道每天找齐一公升的人乳需要多少干警,也不知道这些干警如何去找,找到了又如何收集。反正,姚副院长一个月喝了三十公升人乳!

为了治病,为了"对身体好",喝了也就喝了。羊有跪乳之恩,鸦有反哺之情,喝了人民的奶,就应该为人民做事。可是,这位姚副院长却把绛县法院变成了"阎王殿",在法院的树上、水泥柱上、楼梯上经常可以看到被捆绑、背铐、悬吊并惨遭毒打折磨的群众。在百般折磨之后他还强迫群众跪下,立"感谢党和人民政府、人民法院严格教育"的字据。难怪当地群众气愤地把法院对面的县畜牧局的牌子挂在法院门口,称法院养了一群畜生。对于姚晓红来说,他哪里配得上畜生。畜生吃的是草,挤出来的是奶;姚晓红吃人民的奶,挤出来的是毒汁,简直禽兽不如!

《南方周末》1999年8月6日,入选中国工商联合出版社2000年1月出版的南方周末特稿《看到就说》

便宜了歌星

最近，从电视上看到一个案例。安徽宿州雷敬鑫、何光美夫妇办了一个残疾人福利企业，夫妇俩苦心经营，效益不错，解决了几十个残疾人的生活和就业问题，也创下了一笔不小的资产。但是，经查，这家福利企业几年来累计偷税六十万元。最后，法院判决夫妇俩每人有期徒刑一年、缓刑一年，处罚金五万元。

尽管雷敬鑫夫妇一再声辩，他们所偷的税款一分也没有装进个人的腰包，全都用在了企业的发展和残疾人事业上。可是，毕竟偷了税，犯了法，以法制裁，理所应当。但是，这件事让我想起了另一起轰动全国的偷税案。那就是歌星毛阿敏偷税一百多万元。毛阿敏偷税已经不止一次，每次都是传媒爆炒一顿之后，再也没有下文。从来没有听说过哪个法院介入，更没有听说判过什么刑、处过什么罚金。而且，歌星、球星、影星、笑星，这星那星偷税的不止一个人，偷税在六十万元以上的，恐怕也不是几个人；所偷的税款绝对是装进了个人的腰包，但没有听说谁被判过刑。

从偷税的数额上来说，雷六十万，毛一百多万，毛是雷的两倍；从犯罪次数上来看，雷是首犯，毛是屡犯，雷应从轻，毛应从重；从作案动机来看，雷为了企业，为了残疾人，毛为了个人享受；从结果看，雷夫妇都被判了刑，罚了款，而毛不但逍遥法外，而且逍遥海外，只是通过小报记者向"爱她的人"说了几句轻飘飘的道歉话。

都说法律面前人人平等，作为普通百姓，我们也愿意相信，可是，眼前现成的这个案子，总让我这个百姓心里堵得慌。

《南方周末》1999年8月27日

独屋里的灯
DUWULIDEDENG

如此"分流"

《中国青年报》有一篇摄影报道,说浙江苍南县新安乡五名分流的大学生乡干部,每人出资七千元,购置了一台收割机,当起收稻客。

新安乡有多少名乡干部,乡干部中又有多少是大学生?这五名大学生是主动分流还是被动分流?新安乡为什么要把他们分流出去?之所以有这些疑问,不是说大学生不能分流,而是因为分流的目的是裁减冗员,精简机构,提高效率。报道中点名的两位大学生,一位是中国政法大学的何继武,一个是浙江农业大学的汤志赠,都是响当当的牌子。我想无论是新安乡还是苍南县,都应该有更好的去处,让他们去一展所长,除非他们自己不愿意。但报道中说的是分流,而不是辞职或"下海"。国家培养一个大学生不容易,即使苍南县经济再发达,大学生再多,我想也不会多到让他们割稻子去的程度吧。这篇报道里有一幅图片,是汤志赠站在稻田里,用手机联系业务,好像是要说明他们的成功:"看,都买手机了!"但是,我总觉得,如此分流,还是太浪费了些。

如果中国政法大学、浙江农业大学的学生毕业以后都要"分流"到稻田里去割稻子,那这两所大学就可以关闭了。开开收割机,管管简单的账务,打打手机,联系一下稻农,有高中学历就足够了。浙江农大的毕业生发展方向应该是袁隆平,而不是割稻子!

由此我很为我们的机构改革担心,因为看起来老有一些歪嘴和尚要把经念歪,起码目前是如此。

《南方周末》1999年9月24日

让人民自己说话

读了王蒙的《想起了日丹诺夫》(《读书》一九九五年第四期),他的一句感叹:"人民呀,多少人以你的名义来封杀有才能的个人呀!"震撼了我的心灵。

日丹诺夫要进行文艺批评,自无不可,但他不是明说某人自己怎么怎么看法,而总是借用"人民"的名义说什么"左琴科惯于嘲笑……苏联人","阿赫玛托娃完全脱离人民的",于是,左、阿两位被"人民"封杀了。可是,左琴科"嘲笑苏联人的作品"风行于列宁格勒的娱乐场所,阿赫玛托娃"完全脱离人民的"诗篇受到了人民的欢迎,包括中国人民。打扮成人民代言人的日丹诺夫们被人民唾弃。

人民会说话,就让人民自己去说,要做代言人,就要说人民的话。

《读书》1995 年第 8 期

独屋里的灯
DUWULIDEDENG

上 当 者

上当者一旦发现自己上当,或者被别人揭穿上了当,总是一脸无辜和清白,痛骂骗子,诅咒世风,请求保护,伸张正义。其实上当者在上当前或在上当中未必都那么无辜和清白。

有人把一包沉甸甸的东西掉到地上(其实明明是扔),上当者总是踊跃地抢前捡起,急急忙忙地打开,发现上下都是大钞,并没有想到要交给警察叔叔,觑见四下无人,便揣进自己的怀里,暗喜老天爷开眼,自己走红运。岂料,最后却被别人狠狠讹了一下,这才以一副上当者的可怜模样要求保护,追回损失。

有些人明明没发表过几篇文章,却偏偏要上什么作家、诗人辞典,让辞典编纂者一步一步引入陷阱,一次一次地给人家汇银,欲罢不能。直到实在承受不起的时候,才大呼上当。必须要到这个时候才大呼小叫吗?

一副好端端的石头眼镜,当然不会二三十元出售,可当出售者说他是偷来的时候,上当者便确信不疑,也顾不得平日里对小偷是憎是恨了,急忙忙地掏腰包,生怕掏慢了让别人抢去。待到发现买到的不过是一副劣质玻璃眼镜,仍然不妨碍他大诉冤枉。

入股或者存款,百分之二十的红利或者百分之五十的利息,这样天方夜谭式的数字,稍具常识的人都会有所提防,可有些人就是坚信不疑,恐怕还为自己的精明窃喜,为别人的"傻冒儿"发谑呢! 不知一天要多少次地计算到期时自己连本带利能拿回多少。否则,在一个大学生人数也有好几个百分点的泱泱大国里,也不会让一个并无多少文墨机巧的老妇女一下子骗去了三十二个亿。

最近,广东破获的一起系列杀人劫车案中,许多出租车司机就是受女色引诱,才被骗到荒郊野外遭杀害的。据那些女犯交代,勾引这些司机并不困难,几句话(还只是暗示性的话)、几个媚眼而已。

一个稍具姿色的女郎,便不知自己有多大的本钱,自我感觉良好地接受男人的奉承和馈赠,当她零存整取式地需要对这一切做出回报时,好像才恍然大悟,自己上当了。给小孩一块糖,还要让他叫声"叔叔"呢！世界上很少有不讲求利润的投资。

而在四川简阳市,市委、市政府的领导在一家公司既没有入股,也没有担任职务,可当公司把数万元"红利"送到他们面前的时候,竟然照单全收。难道贵为一市的市长、好几十万市民的最高行政首长竟不知道"不劳动者不得食"这样简单的道理？不过明知是当,偏要上罢了。

要使鱼儿上钩,总得有诱饵,姜太公没有鱼钩的钓竿,用的正是一种无形却更加有力的诱饵。上钩的鱼肯定是贪嘴的鱼。上当者,不但贪嘴,而且贪赇、贪色、贪名、贪小便宜。骗子只需分门别类,"看人下菜"就成了。只有一部分上当才纯粹是出于无知或者因为有些"当"确实一时难以识破,而更多的骗局则是一张不用捅就千疮百孔的纸。上这些当的人,不但不是无辜和清白的,甚至可以说是骗子的同谋。人们在同情这些上当者的遭遇的同时,总有一句怎么也不忍心但却极想说出来的话:活该！

《语丝》1996 年第 3 期

独屋里的灯
DUWULIDEDENG

历史的尴尬

我没有系统学过历史，我有限的历史知识都是零星拾来的一鳞半爪。正因为所知有限，难以贯通，所以常常自己犯糊涂，有时也就觉得历史是一笔糊涂账。

比如陈胜、吴广在大泽乡揭竿举事，开农民起义之先河，由此以降，直到太平天国运动、捻军起义等等，历史无一例外地认为农民起义推动了社会进步，农民起义的领袖无一例外地成了英雄。而同一历史，维护封建统治的也是英雄，岳飞、文天祥、于谦等等，史不绝书。就是同一朝代，既有反朝廷的英雄，又有保朝廷的英雄。就像明朝，李自成领导的农民起义要推翻明王朝，李自成是英雄。史可法"鞠躬致命，克尽臣节"，以头换得了"明朝第一忠臣"的称号，也是英雄。英雄的判断不仅避开了忠与逆，而且甚至连个人能力、品德也不顾。曹操能文善武，雄才大略，纵横四海，可谓英雄一世，可历史给他的封号不是英雄，而是奸雄。他的过错就在于废了昏庸无能的汉献帝。尽管动不动就涕泪涟涟的大汉皇叔刘备，依靠诸葛亮的聪明才智和"鞠躬尽瘁，死而后已"的精神，建起了一个"蜀汉王国"，但他沉溺于新婚之乐，要不是诸葛亮设计激他，孙权设计杀他，恐怕也是一个乐不思蜀的家伙。而且，他为了兄弟之间的情义，置国家前途于不顾，盲目率兵伐吴，招来灭顶之灾，哪里是一个有远大理想和谋略之人所为！虽然他的文韬武略远不及曹操，但就是因为他是一个八竿子也打不着的"皇叔"，所以似乎皇帝只有他坐才算是正统。他是英雄，不是奸雄。

　　再说梁山英雄。梁山一百单八将，之所以上梁山，虽然有官逼民反的因素，但许多人本身就是杀人越货的角色。就说坐梁山第一把交椅的宋江，在任押司的时候，就与贼寇相通，泄露机密，私放人犯，存在着严重的"司法腐败"问题。而且他上梁山的直接原因，纯粹是因为害怕自己的事败露，杀人灭口，逃避法律的制裁。这个念念不忘招安的梁山"大哥大"，后来不但葬送了众多自家兄弟，还征讨方腊，残酷镇压农民起义，"吾皇万岁"喊得比谁都响。这样的英雄，是反朝廷的英雄，还是镇压起义的英雄？凭一根哨棒能打死老虎固然英勇可嘉，但是，武松上景阳冈前在酒店饮酒时，不但不听店家好心规劝，反倒立眉竖眼威胁人家，"再不上酒的话，就砸了你这鸟店"，活脱脱一副流氓无赖相，哪有一点英雄的味道。而卢俊义、呼延灼则纯粹是遭宋江等人陷害，走投无路才上梁山的。更不用说惯偷时迁、卖人肉包子的孙二娘之流了。

　　尽管梁山上打着"替天行道"的旗子，但是他们在动员别人入伙时的说辞却是：大碗喝酒，大秤分金。虽然他们称劫富济贫，但只见过他们劫富，并没见他们怎么济贫。再说富人的财物就应该劫吗？走到哪里，抢人的只能是强盗，绝对不会是英雄。至于说，梁山上的一百单八将很重义气，倒也符合事实。但是重义气就是英雄吗？现在街头的小流氓大多也重义气，可他们是英雄吗？

　　历史表现出的尴尬，有时确实令人感到茫然。作为一个终将成为历史的人，真不知该怎样做人、将怎样被人书写。

《陇东报》1998年5月30日

独屋里的灯
DUWULIDEDENG

不灵不通小灵通

小灵通的大名叫无线市话,绰号叫"小灵通"。

无线市话,虽然覆盖范围极其有限,出城就成了聋子耳朵,但是,毕竟可以"移动"着打,而且费用较低,就像电信部门推广它所说的"买得起,用得起",因而着实让许多普通市民过了一回手机瘾。你看大街上边走边打电话的人,大多数拿的都是小灵通。同时小灵通也让它的用户们大为烦恼,这个名为"小灵通"的东西,实际上不灵不通。

小灵通费用低廉,"一分钱一分货",实在也不敢指望它有移动、联通的功能,但是,既为电话,在它的有效服务范围内,起码应该能打得出去,接得进来。可是小灵通却不是这样,有时候十遍八遍打不通,如果你敢跟它犯犟,连续打半天打不通是常有的事。没要紧的事,打不通倒也罢了;如果有个火烧眉毛的事,一打再打不通,真恨不得把那劳什子砸了。有时候等一个人,久等等不来,就想打个电话,如果对方恰巧拿个小灵通,得到的回答往往是:对不起,你拨的电话暂时无法联系。正焦灼无奈的时候,猛然一抬头,所等的人正笑呵呵地站在你面前。许多人都做过这样一个实验,左右手各拿一个小灵通,左手打右手,还是"暂时无法联系"。现在还好,就剩下这一句话了,以前可能还会告诉你:你拨的电话暂时不在服务区。大概是电信局也觉得明明两个人面对面,或者就是一个人的左手是呼叫方,右手是被叫方,却告诉人家"不在服务区",有点滑稽和不好意思,取消了。

不灵不通小灵通

打不通只是小灵通不灵不通的表现之一，有时候反复多次干脆连号也拨不出去；有时候倒是打通了，没说几句话，又断了，再拨恐怕又"无法联系"了。作为一个用户，我使用小灵通也有半年多了，真是深受其害，深以为苦，现在一听到那电脑语音："对不起……"我就恶心。

"对不起"应该是一种真诚的歉意，可我听了数千次的"对不起"，却没见到有丝毫的改进，反倒大有每况愈下之势。在给别人留电话号码时，不得不交代，这个小灵通不好打，你得多打几遍。不得不在小灵通的服务范围内，同时带上"全球通"，以备不时之需。

别看服务不怎么样，收费却不含糊。一到时间就催，就停机。以前是电脑催，现在是电脑加人工，催就催吧，催也是应该的。看着催得很紧，缴费却很不容易。好不容易腾出点工夫跑到缴费的地方，人家却说下班了。问收费人员几点下班，说是十二点。那现在是十一点四十呀！十一点半就扎账了。那好，下次去早一点，却没有人，有事出去了。既然并不急着收费，那还催什么？

老喊着"狼"来了，这下"狼"真盼来了，中国加入WTO以后，国外的电信机构即将进入中国，中国电信，你怎就一点儿也不着急呢？仍然不灵不通！

《陇东报》2001年12月7日

独屋里的灯
DUWULIDEDENG

不需要这样的"全过程"

2005年7月13日,某报报道:"昨天中午十二时,广州市海珠区宝岗大道恒隆龙苑小区疑因家庭纠纷问题,一妇女端坐十楼阳台上作欲跳状……"然后众人如何劝解,女子最终跳入早已布置好的气垫中,被送往医院。同时,该报道配有四幅异常清晰的图片,记录了女子跳楼的"全过程"。

我实在不明白,记者守望多时,费尽心机拍下这个"全过程"有什么意义?跳楼就跳楼,即便不认识这两个字,也能想象是个什么样子。再说了,这本来就是一件不幸的事,记者拍下"全过程"并在报纸和网络上发布,对女事主及其家人的心理会产生什么样的影响,不知道记者想了没有?

看完这篇报道之后,又在网络上搜索了一下,发现同样通过记者的手抛出的这类"全过程"竟然非常多。记者纯粹以一个看客作壁上观的心态,写出这样所谓的"客观报道",不过就为了抢夺另外一些看客的眼球,用别人的不幸娱乐大众而已。作为一名新闻工作者,同时也是新闻的受众,我要说:我们不需要这样的"全过程"!

《中国记者》2005年第8期

从第五天开始

最近读到一篇短文,题目叫《第六天》。文中说:我每天都要经过那条巷子,巷子日常有人乱倒垃圾,于是墙上就出现了一行字:请不要乱倒垃圾。垃圾还是倒了一堆,于是第二天那行字改为:此处禁止倒垃圾。垃圾还是倒了一堆,第三天那行字改为:此处倒垃圾者罚款五元。垃圾还是倒了一堆,第四天那行字改为:此处倒垃圾者罚款一百元。垃圾还是倒了一堆。于是,第五天那行字改为:此处倒垃圾,全家死光光!第六天,那里没有一点垃圾,以后再也没有。作者在文后评论说:这就是我们的左邻右舍,可以不睬权威,可以不理法制,最终却被迷信收服。

　　这篇短文所反映的事实确实普遍存在,但是作者的评论却未必准确。因为无论是"请"还是"禁止",无论是"罚款五元"还是"罚款一百元",只是写在墙上而已。乱倒垃圾本来就是不文明行为,倒垃圾者心知肚明。所以,"请"肯定无用,"禁止"倒是有力一些,对方却心无畏惧。至于"罚款五元",并不是罚款数额太小,而是倒垃圾的人很清楚没有人监督执行,一句吓人的空话罢了,所以涨到一百元也无济于事。而且,乱倒垃圾者心里明镜似的,这些标语大多都是自己的"左邻右舍"所为,最多也只是环卫工人的无奈之举,牵扯不到权威,也牵扯不到法制,所以才敢"有禁不止",我"倒"我素。第五天所写的"此处倒垃圾,全家死光光"应该是最不可能得到执行的"处罚条款",由于迷信,或者由于对生命的敬畏,或对全家性命的顾忌,担心万一冥冥之中有一个什么神灵执行这一条款，才不敢冒"全家死光光"的风险去倒一堆垃圾。

类似的事情见得太多了，值得我们反思的不是左邻右舍的迷信，而是我们的管理办法。在公众场合，经常可以见到这类告示，委婉一点的请不要如何如何，坚决一点的禁止怎样怎样，也有罚款多少多少的内容。但是，禁止吸烟，吸烟者吞云吐雾；禁止践踏草坪，草坪上你来我往；禁止倒垃圾，垃圾堆积成山。之所以屡禁不止，是没有人真正去禁止，所谓的禁止就是一句空话。

一场非典疫情，让国人再一次开始反省自己的生活陋习，几乎是所有的舆论机器一起开动，声讨"吐夫"，声讨"烟民"，向所有的不良习惯开战。当然，我们不能照搬"全家死光光"这一套，而是要借鉴其精神实质。首先要制定严格的法律条例，明确执法者，严肃执法，严管重罚。一些地方针对不良行为习惯中最突出的"吐痰"，已经出台了一些政策，有些地方还在制定中，现在最关键的是，谁来执行、如何执行？除过吐痰，其他的陋习如何革除？这些问题解决了，第六天也就到来了。

《甘肃日报》2003年6月24日

读者也是消费者

书籍也是商品,读者也是消费者,这是确定无疑的。但是在现行的《消费者权益保护法》里,却没有明确保护读者这类特殊消费者权益的条文。而近几年,假冒伪劣书籍时有出现,读者买到这样的书,就意味着权益受到了侵害。买一双劣质袜子,可以投诉;买一本假冒伪劣书,却投诉不便。那么,读者的消费权益究竟由谁来保护呢?

一本假冒伪劣书,不仅是一种不合格的产品,影响阅读,甚至会传播错误的知识和信息,导致读者在运用这些知识和信息时出现新的错误,造成经济和精神上的损失,作为生产者(编著者、出版者),理应给予赔偿,或者负起其他方面的责任。所以,应该尽快健全这方面的法规,以净化图书市场,保护图书市场消费者的权益。

《光明日报》1997 年 5 月 21 日

独屋里的灯
DUWULIDEDENG

儿童读物差错多

有一本颇有影响的儿童读物《幼儿画报》，在1996年第4期的第一页上有这样一句话："'哞——'小羊羔跑来了……"我们不敢说编者和作者不知道小羊羔的叫声应该是"咩"而不是"哞"，但这种失误，误得有些可惜。现在有一句很流行的话：无错不成书。这揭示了出版界一种很不正常的现象，这种现象不但在儿童读物中普遍存在，而且很严重。

儿童读物中的文字大多是由大人读给孩子们听的。读的过程中，为了避编者、作者讳，现场改正、遮掩过去，还不至于给儿童造成什么影响。可是，儿童读物大多是以图画为主的。图画儿童总该是能看懂的，可现在的有些图画连大人也看不懂了。别说什么洋的、古的、魔幻的、稀奇古怪的，就连最普通的动物也让人分辨不清谁是谁。像猫也像老鼠，像猪也像狗，反正非驴非马。有时候孩子拿来问大人，大人们只好含含糊糊说是动物，要么就只能指鹿为马或者指马为鹿了。

人们在争论什么问题的时候，为了证明自己观点的正确，常常说：这是书上说的。言下之意，书上说的还会有错？而现在的书，竟然"无错不成书"，甚至一些启蒙读物也是如此，这不能不说是一个文明古国的悲哀。

《光明日报》1996年8月28日

脸皮杂说

国人是非常懂得羞耻心的,因而对脸皮的研究也极为深入。脸皮首先有厚薄之分,厚脸皮之中,还有层次的差别。稍厚者,脸不容易红;再厚者,即如铜钱;更厚者,便像城墙;最厚者,简直就是城墙的拐角。人们大概认为脸皮应该是万物中顶薄的东西,无法形容,所以对薄脸皮再没做细分,只是在脸皮发红的程度上做点更细微地描述而已。偶尔也有人说脸皮薄得像纸一样,但听起来好像所含的恭维成分并不多。因此,人之有脸皮,脸皮之有厚薄,犹如房屋之有门面,门面之有寒碜和豪华一样,可以反映内在的本质。但是,也不尽然。通常的情况往往是,越是心地纯正、与人为善的人,脸皮越薄,偶有一点差池,或者只是遭受不恰当的指责和误解,便满脸绯红,甚至哭天抹泪、寻死觅活、抹脖子上吊,像真干下了什么很见不得人的事似的。而越是作恶多端、一肚子坏水的人,脸皮越厚,即使人赃俱获,也把脸板得平平的,扎两锥子也不见一点血色,倒像一贯正人君子,合规中矩,受了莫大的冤屈似的。所以,要认识这样的人,光看脸色是不成的,有时候,就需要切开胸腹,看看他的心。就像肿瘤,要做出确诊,就要切出一块来,放在显微镜下看看才成。再说了,人脸皮太薄,也不是好事。明明别人掏了你的腰包,你却被反咬一口,不及反驳,先就心慌气怯脸红,比小偷还像小偷,这怎么成呢!

《中国中医药报》1993 年 4 月 2 日

独屋里的灯
DUWULIDEDENG

留一点情面

记得小时候,只有到了冬天,脸皴了,手脚裂了,才可以抹一点生蜂蜜,叫"生格子",滋润一下,最奢侈的不过八分钱买一支"棒棒油"。大人们一般是不用的,有些女人,尤其是年轻女人,偶尔也用,但和孩子们一个级别。以后,有了"雪花膏",也只是年轻的女子专有,赶集逛会、走亲戚回娘家才抹那么一点。到如今,人们似乎越来越注重自己的脸面了,"揩油"的水平越来越高。而且还必须是天然的,合成的不予考虑。于是就向自然索取,灵芝被采了去,杏仁被制成了蜜,貂油、蛇油、绵羊油被刮了去,制成这种膏那种霜。甚至连人也不能幸免,胎盘也被炼制成胎盘膏。其中所含的化学成分,一般的氮磷钾还不成,必须要有锗、锌等微量元素。不但脸上要搽,头上要抹,身上还要洒,指甲、嘴唇还要涂;要打底,还要上色;早上落"霜",晚上起"露",正午还要遮盖太阳。不仅年轻的女人,男女老幼齐揩油,儿童霜、老年油,童叟无欺。化妆品的广告几乎占所有广告的四分之一。

生活水平提高了,化妆打扮,驻颜美容是必然。在大街上、公交车里,满眼都是如花的脸蛋、似玉的肌肤,到处都有芳香扑鼻,爽心又悦目,谁也不会认为是坏事。但是,美化了自己的脸,却把大自然的脸挖个千疮百孔,满目疮痍,恐怕就有点舍本求末了。况且,吃要山珍海味,喝要矿泉水,药要纯天然制剂,穿要羽绒裘皮,要烧煤,要用水,要盖房子造机器,都要向自然索取。如果整个自然被糟蹋得像一张破席,躺在上面的人还谈什么美丽!如果山涧没有流水,田野没有鲜花,天空没有鸟鸣,矿源枯竭,动物灭绝,置身孤独中的人,美丽又有何用?所以,人类在美化自己脸面的时候,也应该留一点情面,给与人类共存的植物、动物、矿物留点生存的余地。如果有一个优美的环境,我们要留一张丽影,至少就有了一个漂亮的背景。

《杂文报》1992年9月4日

诗

SHI

寻常巷陌（组诗）

独 屋

那是一座独屋
骄傲是锁
冷漠是门
孤独,乐居其中

纸鸢在上面盘旋
麻雀在下面找不到屋檐
雁翅剪不来春天

临近是几座大厦
和它共披一片蓝天
而门前的路
始终没有交点

巷陌年年变迁
目光日日流动
孤独栖身的独屋
做了永恒的风景

独屋里的灯
DUWULIDEDENG

客 居

这时候的团圆
是一个圆圆的邮戳
这时候的生活
是孤灯投壁的瘦影
这时候我在客居

客居没什么滋味
打了电话再按门铃
拜访相识与不相识的人
早晨上街寻买油条
晚上找晾袜子的细绳
没事的时候
就用烟圈排列世界
然后上床寻梦

一天跑几次收发室
回来焦灼地写信
写一些琼瑶小说中的话
报告一下我又瘦了的消息
再翻开邮册挑选最好的邮票

以后感到客居有点滋味了
酸酸的
甜甜的
说得清楚和说不清楚的

老　槐

只因挂了一口钟
才长生至今
只因长生至今
才让人憧憬
憧憬那锈蚀了的钟
发出没有锈蚀的声音
和一棵老槐
年老而年轻的心声

《飞天》1986 年第 12 期

独屋里的灯
DUWULIDEDENG

故乡在陇东(组诗)

想起一只麻雀

麻雀,我乡间的兄弟
想起你的时候
我在城市的缝隙
突然苍老

同在家的屋檐下
守过一片好时光
我晃着脑袋 书声琅琅
你弹着槐枝 放声歌唱
一把不安石子的小弹弓
我们谁也不用惊慌
尽管父亲
把稻草人扎成我的形状
隔一棵谷穗
我们仍愉快地相望

如今会飞的你还守在家园
不会飞的我却已高飞

衰老的父亲
膝下只有了你
有了你，家才是个家的样子
父亲用我的小名喊你
骂骂咧咧地数落你
你叽叽喳喳地叫嚷
好像我小时候的模样

麻雀，我乡间的兄弟
想起你的时候
我周身空空
找不到一颗感激的米粒

狗

绝对乡土的门铃
安在柴扉上
按上按不上
都要响一响

其实门一直开着
门铃不门铃
炕头熟睡的猫
和灶前吹火的新媳妇
一点也不在乎
只是农家
卑微而孤寂的劳作
需要有一个什么
忠实地跟着

独屋里的灯
DUWULIDEDENG

并且不时地
叫上那么几声

就像寡言少语的庄稼汉
走在山道上
影子一直跟着
不感冒也要咳嗽几声

故乡在陇东

黄土的深处,白云的稀处
鸟歌的浅处,槐荫的浓处
燕子低低的飞处
绕过狗叫的高处
穿过有鸡独立的院子
随便推开哪一扇木门
吱吱扭扭走出来的
就是我的妹妹,或者母亲

不用走进窑洞
陇东农家的日子
都贴在窗棂
每一双窗格格
都是一对毛眼睛
坐在门槛上
喝一口柳木马勺里的水
就一肚子的乡俗民情

若要走进窑洞

故乡在陇东（组诗）

就脱了鞋坐在炕上
夏天的凉,冬天的暖
拂去千里万里的风尘
柳条篮篮端来的圆馍馍
不管饿不饿
蘸上辣子水水吃一个
和炕角的猫都成了一家人
要走的时候
只要不错穿了绣花的红鞋
送你上路的还有抿着嘴的狗
如果要说道谢的话客气的话
陇东人听了心里难受
转过山弯弯你就挥一挥手
大哥啊兄弟啊走好你的路
下次再来喝咱陇东的黄酒

《诗刊》1995 年第 11 期

独屋里的灯
DUWULIDEDENG

描述父亲(组诗)

表 达

比如天又旱了
地皮像祖父的脚趾甲
或者一头牛滚沟了
有人开始嚷着剐牛皮
吆牛的鞭子
挂在信天游的断茬儿上
或者只是听到一只老鸦
无缘无故地聒叫
父亲就会顺着墙根
双手捂着膝盖
艰难地蹲下身子
勾着头
看一会儿自己的鼻子
又顺着墙根
双手捂着膝盖
艰难地站起身子
仰着头
看一会儿自己的眼睛

描述父亲（组诗）

心 疼

如果一头牛很健壮
父亲就狠狠地抽它一鞭子
如果一片庄稼长得很茂盛
父亲下镰就特别地狠
如果一个孩子招人喜欢
父亲就拧他的脸蛋
揪她的小辫
掌他们的屁股
用满脸的麦茬儿
扎痛他们的笑声
父亲对爱的理解
就是疼痛
所以心爱的时候
父亲就一个劲儿地说
真心疼

位 置

父亲的一生
没有什么野心
忠实地跟在牛的后面
吆喝一声
一天就过去了
再吆喝一声
一天又过去了
过不去的那一天

独屋里的灯
DUWULIDEDENG

就躺进脚下的犁沟
仍在牛的后面
手心里攥半个馒头 ①
到清明时节
儿女们远道披雨归来
上坟的时候
问一声
吃饭了没有

《星星》诗刊 1992 年第 11 期

---

① 陇东民俗,人死的时候,手里要攥块馒头。

母爱的表达

母亲说你瘦了
你就答应着
(尽管你正在考虑减肥)
说你黑了
你也答应着
(尽管你比先前已白了许多)
说一个月二十八斤粮
一顿才核桃大两个馍馍
肯定吃不饱
说那城市又挤又吵
厕所又脏,家在半空悬着
像个鸟窝
真不是人住的地方
你都不用辩驳
直到母亲失声地拍下腿
"看我只顾说话,连饭都忘做了"
你再在风箱急促地呼吸中
见机插进一句
这一向身子骨可好

《星星》诗刊 1993 年第 9 期

独屋里的灯
DUWULIDEDENG

灯　笼(外一首)

大红的灯笼破了
巨大的风
穿过微弱的烛光
黑暗笼罩了你
小小的身体,孩子
你多像一支蜡烛啊
在夜的黑纸灯笼里
泪珠摇曳着火苗
照耀着我
我是你的父亲
你却是我的光源

有一天我这样想

有一天我这样想
净土其实无土
红尘才是故乡
能够手执一把茶壶
不时地
暖一暖被诗冰冻的手

吻一下她的小口
这种类似爱情的生活方式
使我这一辈子
只可能忧伤
但不会绝望

《飞天》1993年第4期

独屋里的**灯**
DUWULIDEDENG

因为爱你(组诗)

立 秋

七月的大火归于胸中
被一把扇子折起
逆向思维的苹果
度过晚年,开始年轻
树老叶黄,瘦得伶仃
蝉的身上蜕下一层秋风
洪峰过后
石头在水底睁开了眼睛
大雁走的时候
叮嘱谁去守护苍凉的天空
谁收到的信中只有一声叹息
天高过所有的英雄

谁在堆积干草
已准备过冬
谁还在倚门张望
头上落雪的是谁的美人

因为爱你（组诗）

爱情碰碰车

1
用最粗糙的语言把你推远
又用最温柔的思念把你想近
2
在这一站与你故意错失
再赶到下一站苦苦地等
3
重重地摔上门
轻轻地推开窗
4
在你要去的地方挂一把锁
在你必经的路上放上一把钥匙
5
看你的脸是冰山
看你的背是火焰

没有你的日子

我不停地读书写作
剧烈地咳嗽
端详一幅布贴画
我以为自己做了许多
坐在一把暗红的转椅上
转向太阳,转向月亮
其实只是为了调整方向
对准你来的地方

独屋里的灯

我所做的一切
只是拿一根划过的火柴
点手里的这支香烟
只是努力把一件旧衬衫洗新
把过去的诗稿抄写清楚

读完一本厚书
才发现,封面和封底
一模一样
过完这个夏天
才发现,一片树叶长成以后
就停止在老地方

我把一枚钉子
狠狠地砸进去
你拔出来,之后
我就住在那空洞里
我就住在那疼痛里

我努力做得像一枚钉子
让今天和昨天
一模一样

《飞天》1995年第12期

学着干诗人(外一首)

什么都干不成
就学着干诗人
躺下以后,你这样想
一世的功名
开始烙你的脊梁

垫一些诗稿
总还不是做梦的软床
撑一支秃笔
只够勉强起身
还越不过大好的时光

天上掉下一枚硬币
砸死九十九个诗人
活着的你,正在成长
左脚跋一只聂鲁达
右脚跋一只白居易
瞟两眼李清照
挺进艾略特
为了惠特曼

独屋里的灯

誓与诗歌共存亡

干着诗人这一行

在不断的上升中
你不断地感觉
自己永远在低处

云提升你的时候
总是把最后一级台阶
轻轻地抹上阴凉
鹰的翅膀
总是一阴一阳
一面张贴着失踪者的寻人启事
一面道路一样宽广明亮
你不断地攀登
藤蔓不断地向下延伸
你只是最尾巴的一颗小坚果

在不断上升中
你不断地感觉
自己永远在低处
你恨不能
把自己原原本本地扔下去
再高一回

《星星》诗刊

读　　史

揭开甲骨的封面
一阵鼓乐声传来
皇帝坐在龙椅上
众卿匍匐在地
宫女在酒碗里跳来跳去
酒溅在龙袍上
锈迹斑斑

嫔妃滕嫱都是些良家女子
身材纤细
被绑在胡琴上呻吟有声

十二万火急的文书
扑向京城
就像飞蛾扑向宫灯

合上封底才发现
历朝历代都柔软如水
只有书脊,坚硬地挺起
这也许正是那不断的
脉——不入史的百姓

独屋里的灯
DUWULIDEDENG

第七根电杆

甚至想过
拿出一张纸来
默写几遍
该怎样走近第七根电杆
该从什么角度去看
该用什么声调攀谈
该怎样向早到者致歉
该怎样等待迟到的考验
左腿在前？右腿在前
还是并拢脚跟，分开脚尖
甚至想过
借一片小镜子带上
在第七根电杆前那个拐弯
看看头发是否纷乱
看看领结是否饱满
还想了很多很多
最后只承认了一点
那只不过一根电杆

《飞天》1986年第7期

炉 中 煤

炉火通红
燃起暖暖的爱意
等待你
自远而归

我是炉中煤

我吸进的是希望
呼出的是火焰
我遍体燃烧
为的是你
是你落满风雪的寒衣

我是炉中煤

不是今夜
就是明夕
打开炉盖的
肯定是你

独屋里的灯

我就是炉中煤

伸出你冰凉的小手
让我轻握
贴近你雪花的面颊
让我抚摸
不要惋惜我僵化的躯体
不要垂怜炉底的死灰

我是炉中煤

是煤就要这样
就要放进炉中
就要燃烧
爱你就要这样
就要消解你两鬓的寒霜
就要融化你心中的冷意

我是炉中煤

爱是引火柴
是你
是你到来的消息
揭去了我身上沉沉的黑衣

我是炉中煤

《陇东报》1988年2月17日

没有人代替我疼痛(组诗)

我在梦中行走

驾风,驾鹤,驾一首古歌
我在梦中行走

划一瓣桃花漂流江湖
乘一朵梨花飞行长空

一百多斤的羽毛
重得比什么都轻

山巅上歌唱
花房里安家

星星点灯,露水解渴
云作衣裳,雾裁窗纱
别叫我诗人
别叫我爸爸

梦有多长,路就有多长

一路上,行侠仗义

独屋里的灯
DUWULIDEDENG

救美人,斩毒蛇
创下许多英雄业绩
得意处正在山崖
失足的中途
我及时醒来,回味一身冷汗

没有人代替我疼痛

把牙齿咬成最脆弱的骨头
把头发撕成最柔细的稻草
全身的门户紧闭
把疼痛,逼进最隐秘的角落
让我独自忍受

我知道
没有人代替我疼痛
医生是一道复杂的手续
握着一杆没有准星的注射器
亲戚朋友们的微笑和叹息
都已经过期,没有疗效
罐头、鲜花、中华鳖精
不治疗疼痛

我知道,疼痛
只是我一个人的事情
花开也痛,花落也痛
一颗心,一颗石砾中的鸡蛋
风动也痛,雨动也痛

就让我一个人
自由地疼吧痛吧

风中的爱情

风吹石头走
风吹爱情走
风吹蒲公英的种子
种子走,根就走

根扎在风里
花开在风里
爱情发生在风里
石头漂浮在风里

是风在动还是石头动
是爱情在变还是风在变

与诗再次相遇

是不是说,伤口已经愈合
我可以重新歌唱
是不是说,风雨过后
天已晴朗

迎面而来的诗
你逃出了谁为你布置的新房

总是不能停止对你的祝福

独屋里的灯

一夜的大雪
就是一生的大雪
七月流火
融不了这一身温柔的薄冰

擦拭风的声音

风把她的问候
留给了屋檐下的风铃

屋内独坐的人
听见风声,走出来
风翻动他的衣襟
"冷了,多加珍重"

风铃的沉默
是一层薄尘的沉默

屋内等待的人
就走出来
擦拭风的声音

他听见,风在远处
又在翻动谁的衣襟

《北斗》1996年第1期

空空的手（组诗）

米饭中的石头

来自家乡的石头
父亲派来的小石头
总要不时地敲一敲
我的牙齿
小小的石头
吐出来
放在饭桌上
就是一句格言
粒粒皆辛苦

空空的手

黄昏的时候
总想回头
人已经走远
才举起告别的手
烟盒都空了
却特别想

独屋里的灯

再抽一支
知道珍惜之后
已经一无所有
为什么
总是自己把自己
抛在十字路口

孔雀拼盘

把它的毛
一根
一根
拔下
今天是大喜的日子
看它再向东南飞

小 街

　　1
一片落叶，追着
另一片落叶
绕着弯儿跑
　　2
小孩子打架
打不出胜负
最后都输给了父母的家教
　　3
一个老太太早晨漱口
漱掉了一颗牙

晚上却在隔壁孩子的嘴里找到
　　　　4
叫大人的小名
是孩子们吵架
最狠的一招
　　　　5
槐树下面一枰棋
抽不了车,踩不了炮
将帅出城对着吵

与小女儿关于人的问答

r—e—n
一撇一捺
就是人
人真简单
爸爸
人
是好人的人吗
爸爸
人
也是坏人的人吗
爸爸
好人和坏人
都是一个人吗
爸爸
唉
人真复杂
爸爸

独屋里的灯

好　诗

　　1
不敢
往下读了
害怕久藏心窝的
那句老酒
被斟出来
醉
自己一回
　　2
穿一双好鞋
怎样的路
走着
都押韵
　　3
久不见了
一位朋友
敲开题目
躲在好诗里面
　　4
在屋里
盯着门响
好诗
从窗而入
直敲脊梁

空空的手（组诗）

独坐黄昏

黄昏独对晚钟
一只鸟落入眼眶
任树怎样依依
暖巢怎样声声
总是一个不听召唤
直到月亮又回故乡的时候
才想起了什么似的
急急地，追月亮而去

等待敲门

一支烟
点燃之后
一条路
想必
正在步步凋零

只留烟蒂
夹在手中
久久，不敢
推开
不知里面
有没有你

我和你

我这会儿想的

独屋里的灯
DUWULIDEDENG

都苏门答腊了
不知道
你在近郊的菜地
还拔的什么萝卜

这份年龄

才春风了几天
就仓促五月了
蓝天蓝着
草地草着
只是黑发中
夹着一丝早秋
一不小心
就天高云淡
大雁那根指针
又要指向南方了

地 球

其实,很轻
能双手着地
举起自己的人
地球
也不过是手中
随便的一个
球

捶衣的少女

棒槌不痛

空空的手（组诗）

衣裳不痛
青石不痛
失手捶着
流水
哎哟哟
一个影子喊
痛

《北斗》1995年第2期

独屋里的灯
DUWULIDEDENG

一种关于绿色的情绪

夏日的黄昏
坐在城市的阳台上
像是一种意念
浮在街区的上空

楼群是毗连的蜂房
嗡嗡声阳光一样蜇人
尘埃,是极力上蹿的兀鹰
猛啄我发绿的眼睛
整个城市,开锅一般
热浪举着我向上翻腾
而条条黑云,盘绕如龙
紧压我的头顶
喘息,是自然的
窒息,也将不可避免
尤其这样的时候,尤其
这样的黄昏,我就想到
蔷薇,蒲公英
和曼陀铃
最好是一块儿没有栅栏的绿地

一种关于绿色的情绪

让我们的感觉,轻轻落下
润点绿意

尤其这样的时候,尤其
这样的黄昏,我就奇怪
那么好的细雨
那么好的梧桐
李清照为什么还愁个没完没了呢
还有李煜,谢了林花又有春红
还尽说什么忧郁

尤其这样的时候,尤其
这样的黄昏,我常常有
一种关于绿色的情绪

1990年获全国"环境保护诗歌有奖征集活动"二等奖,收入中国环境科学出版社出版的诗集《呼唤》

独屋里的灯

哀伤自然(组诗)

最后的鸟

最初的鸟
一如最初的我们

我们的祖先
手握锄柄
种植稻谷、高粱
喂养子孙
也喂养禽鸟
我们于是有了莺啼鸟啭的天空
我们于是有了鸟雀颂赞的家园

而我们,背叛家园
本该稼穑的手
却去狩猎
本该猎杀强暴的枪口
却对准了善良的胸脯
我们放下锄头,握起钢枪
瞄准天空,瞄准鸟的啁啾
最初的鸟

在灼热的枪口,血红的注视下
纷纷沉落,如一场
秋叶的飘零
天地间,冷冷清清
我们孤独地伫立
仰望寂寥的天空
血色黄昏,一任
最后的鸟
夺眶而出

不归的河流

春水东流,秋水也东流
东流而不回头
不回头,望一眼漫漫的黄沙
灰蒙蒙的山沟,龟裂的土地
干渴的树,五体投地
祈天求雨的人们
对水的渴求
想不到
圣人两千年前的
一句闲言碎语
竟惹得鱼虾们
伫立于岸
怅然于不归的河流

唯一的土地

唯一的土地
就是我们脚下的土地了

独屋里的灯
DUWULIDEDENG

我们的祖先
追逐这土地的广袤
猎取黄羊,野兔
我们的祖先
挖掘这土地的深厚
收获稻米,麦粒
我们的祖先
目光所及和不及的地方
都是自己的土地
我们的祖先
因而体魄健壮
衣着温暖,骨佩叮当
因而领文明之先

我们筑土为房
建造我们的家园
我们烧土为罐
引来我们的甘浆
祖先入土为安
我们依土而歌
歌唱家国,歌唱阳光
我们的子孙
欣欣如春草
春过土地的每一个角落
我们抚养子孙慈爱的手
冰冷地掏向土地的心窝
土地啊,曾经广袤过深厚过的
土地啊

已经那样浅薄和狭小
每一方寸上都写着一双厚重的脚
脚下的土地
已是我们唯一的土地

珍惜吧
珍惜我们的家园
就像珍惜少女唯一的裤子
珍惜这唯一的土地,不能失去

孤独的树

伐木的声音传出多远
树与树间的距离
就有多远

斧的刃痕有多深
树的孤独
就有多深

树有多孤独
人就以同样的孤独
和树站在一起

《北斗》1991年第1期,《中国环境报》1991年7月23日选载

独屋里的灯
DUWULIDEDENG

读 列 宁

最初把你译成汉语的
是十月的那声炮响

中国,几个早起的人
便在黎明前的灯下
细细地读你
直到那灯光
一点一点舔破黑暗
霞光满天的时候
又是一个十月和炮响
(二十一响的礼炮)
中国所有普通百姓
都学会了
在困难的日子里
仰望天空
记住那个朴素的真理
牛奶会有的
面包会有的
一切都会有的

镰　刀

一把镰刀
收割了
一九二七年的
秋天

之后
每逢秋收的季节
月,都要那么尽情地圆一次

像一滴
硕大的泪
怀念
拿镰的先驱

《人民日报》1992年5月15日

独屋里的灯
DUWULIDEDENG

去北京看毛主席

这是我童年第一个梦想
毛主席、北京、天安门
从学会辨认方向
我就开始了跋涉

那座古老的城楼
那双温暖的大手
多少次,梦中惊醒
握住的只是两行泪流

我终于来了,一九九一年
北京,天安门
北京依旧
天安门依旧
而毛主席
不在城楼上挥手

我曾是一个好学生啊
好好学习,天天向上
可是这一次

我迟到了
迟到了整整十五年

毛主席
当我终于把这声呼唤
送到北京城的时候
北京的景山上
太阳出来了
您没有出来
在广场的一侧
在您亲自撰写的碑文下
您,躺着
接见了我

在八月的阳光下
在缓缓的人流中
我亲眼看到了
您那句湖南味的普通话
人民万岁

我终于理解了
这句话的含意
人民活着
毛主席就活着
人民万岁
毛主席就万岁

当我走出都市

独屋里的灯
DUWULIDEDENG

回到乡间
看见屋檐下
那一串串的红辣椒
看见一个个大脚的农民
看见每一个儿女的父亲
我就又看见了您啊
毛主席

落雪的时候
一个诗人仍在朗诵
暴雨的时候
一个书家仍在泼墨
线装的古书
在一张双人的木床上
仍和一个高大的身躯
保持着历史的平衡

我才认识到
十五年,也不过
"弹指一挥间"
万岁,也不过
"弹指一挥间"
只有怀念,才是永远

《陇东报》1993 年 12 月 25 日

小说

XIAO SHUO

小说

XIAO SHUO

错　号

"喂——"

"喂——"

李平安一听声音很苍老,觉得不对劲儿,赶紧说:"对不起!我拨错号了。"

"没关系,拨错号是正常现象嘛!"对方说,"我这是88743521。"

"噢,我要的是88743512,实在对不起!打扰您了,大娘。"李平安听出对方是一个老太太,而且态度很和善,就称了一声"大娘"。

"没关系!没关系!我闲着也没事,能听见电话铃响也很好。老有人拨这个号就拨到我这儿了。你要找的恐怕是个姑娘吧?"

"嗯,就是。"李平安有些不好意思地说,"才认识的一个朋友,您看我连电话号码都没有记准。"

"这下可要记准喽,要抓紧一些,小伙子。那姑娘一定很漂亮吧?光打到我这儿的电话就有十几个。"老人边说边爽朗地笑了起来。

听着老人的热情劲儿,李平安实在不好把电话挂断,就继续听着。

"小伙子,别老说对不起,以后有空就给大娘打个电话,说说话。"

"好,一定。那我就先挂了,大娘。"

"好,挂了快打'3512'吧。"

过了好多天,李平安和"才认识"的那个朋友已经很热乎了。那天他给她打电话时,突然想起了那个老太太,便临时改变主意,拨了

独屋里的灯

那老人的号。

"喂,大娘,听出来我是谁吗?"

"听出来了,听出来了。今儿不是拨错号了吧?"听得出来老人很高兴。

"不是,我是专门给您打的。您好吗,大娘?"

"好,好。"

之后,李平安经常给那老人打电话,每次打,老人都在,而且电话铃只响一下就接起来了。他们就在电话里聊一些家长里短的事,每次说上差不多三分钟时间,老人就打住,挂断电话。

在电话中,李平安了解到老人有一个儿子,是个记者,很孝顺,还有一个孙子,非常顽皮,老人生活得很幸福。

时间长了,李平安对老人也有了很深的感情,他总把她想成一种慈母的样子。他想见见老人,可每次提出来,老人都说:"算啦,算啦,你们年轻人忙,还是多陪陪你女朋友吧。有空我们在电话上说说话,蛮好的。"

这样过了两年,李平安再给老人打电话的时候,却怎么也打不通,一直是电话断线的声音。他预感着好像有什么事,就跑到邮局查到了老人的地址。

这是一幢很旧的家属楼,老人住在一楼。李平安敲了半天门,邻居家走出一个老头。

"请问这家人呢?"

"走啦。"

"走啦?搬哪儿啦?"

"搬华林山(公墓)啦。"

"那她儿子呢?"

"早死了。"

李平安才知道,其实老人的儿子早在一次车祸中死了,儿媳带着孙子也走了。老人一直是一个人过,而且早已双目失明。从儿子死的那天起,老人就开始每天坐在电话机旁,这一坐就坐了十年。最后,因为心脏病突发,死在了电话机旁。等到人发现时,已经死了两天了。

李平安心里非常难过,他买了一大束花,带着女友,到华林山找老人去了。

《文学报》1997年5月15日,获该报征文奖,1997年10期《新华文摘》、1999年12月25日《北京晚报》转载,入选外语教学与研究出版社全国高职高专系列规划教材《实用语文》

独屋里的灯
DUWULIDEDENG

会 疯 子

华夏瞄了一下手表：五点二十八分。实际上，离他上次看表仅仅才过了三分钟。这会儿，每分钟对他来说都是如坐针毡般的煎熬。

几天前，女儿就告诉他，她们的古筝班要在今天晚上汇报演出，爸爸妈妈得有一个人陪她化妆，然后送她到剧院。这次演出对她非常重要，有两个考级的评委要来现场观摩。更重要的是朵朵后半年就要上中学了，顺利通过考级的话，市上最好的中学可以让她作为特长生跨区域特招，这是全家的大事。华夏没有敢给女儿一个肯定的答复，只是说："放心吧公主，老爸老妈绝对会给你最大的支持，保证你有最好的发挥，你会取得最圆满的成功。你现在就想象一下吧，当你拨出最后一个音符，余音袅袅、绕梁不绝的时候，满场鸦雀无声，人都像傻了一样，是老爸突然醒过了神，这谁呀，咱闺女，带头鼓起了掌。这一声，就像一根火柴点着了鞭炮厂的仓库，掌声雷动。聚光灯打在你的身上，你就一个劲儿地鞠躬谢幕去吧。"女儿满意地亲了华夏一口，又练古筝去了。

华夏一直主张孩子的童年应该是天真快乐、无忧无虑的，他并不想强迫女儿学什么，他给孩子取名叫华朵朵，真的像花朵一样呵护着。在这一点上，他和做教师的妻子吴夕霞意见严重分歧。吴夕霞虽然师范科班出身，但一点自己的教育理念都没有，她信奉的就是早教，买了一大堆的早教书，而且主张啥都要学，说不定将来哪一样能用上。这个科班出身的教育工作者经常引用的是教育产业者的话：

不能让孩子输在起跑线上。刚怀上朵朵的时候,吴夕霞就买了一架古筝回来,虽然连曲谱都不认识,还是整天叮叮嘣嘣地弹。朵朵降生以后,她又抱着坐在古筝前拨拉。吴夕霞的苦心努力,还让朵朵真的喜欢上了这种中国古老的乐器,从三岁就开始正式练习。报班、投师,到现在整整十年了,从不厌倦。女儿能有一个充满快乐的爱好,华夏当然也乐意,吴夕霞满眼的欢喜与自豪。

今天就是演出的日子。朵朵一大早就起床了,显得既信心满满,又忐忑不安。兴奋又焦躁的情绪无处发泄,就一个劲儿地问华夏和吴夕霞:"今天谁陪我去?"

"你想谁陪你去呀,公主?"吴夕霞忙着为父女俩准备早餐,华夏一向与孩子没大没小,今天更是想开开玩笑,好让孩子放松一点。

"我谁都不想要,你们去了就会添乱。"朵朵咕嘟着嘴。

"那好呀,那就朵朵一个人去吧,我们朵朵是大姑娘了呀。"

"可是还得化妆,还要把这该死的笨古筝搬去。"朵朵边说边拍了一把古筝。

"那就爸爸妈妈都去,给朵朵当托儿,做领掌的人。"

正玩笑着,吴夕霞的电话响了,她爸早晨血压突然升高,她得赶快回农村老家,陪朵朵的事只能是华夏的了。其实,朵朵也更愿意爸爸陪她,因为爸爸对她从来没有过多要求,她会感到轻松一些。

吴夕霞匆匆走了,也到了华夏上班、朵朵上学的时间了。临出门的时候,朵朵还挥舞着小拳头,龇牙咧嘴地对华夏说:"耽误了我的大事,有你好瞧的。"

华夏在广电局当了多年的人秘科长,年前才给了一个副调研员的待遇。调研员是个闲职,非领导职务,也没有具体分工,一把手让他协助一位副局长分管人秘科,实际上还是看材料、改材料、写材料。这段时间正是年末岁首,会议比较多,各种总结会、汇报会、工作会,全市的、部门的,几乎天天不断。广电局在政府序列里面不是一个重要部门,但是每一个会都要参加,因为每一个会安排的每一项工作都

独屋里的灯

要加大宣传力度,报纸、电台、电视台要开栏目,广电局是政府分管电台、电视台的行政机关。其实,每一个会议,电台、电视台都会派记者参加,重大的宣传活动,宣传部会做出统一的安排部署,广电局参加会议,纯粹是凑个人数,出个人情。这段时间,局长们忙于检查、考核,所有的会,只有他这个"副调"去凑数了。

对于开会,华夏一点儿也不陌生,当了多年的人秘科长,主要的工作就是准备会议材料,写领导讲话,组织会议。每次领导拿着他写的讲话稿,抑扬顿挫、慷慨激昂地念,他坐在下面还要谦虚认真地记。他想做做记的样子,写写他从小喜欢的诗词什么的,可是在这样的场合,想写《念奴娇·赤壁怀古》,刚写下一句"大江东去,浪淘尽",下面便什么也记不起来了,满肚子的诗文就是不愿意到会议室来。他索性就信笔胡画,满笔记本写的都是高度重视,认真落实,强调指出,一致认为,充分肯定,基本达到,表示满意,检查督促,宾馆宴请,廉洁从政,晴转多云……

当了副调研员以后,刚开始参加全市和其他部门的会议,还颇有一点新鲜感和有身份的感觉,提前进入会议室认真研究会议材料,听领导讲话。后来研究来研究去,听来听去,觉得真的是天下文章一大套,大会和小会一样,这个会和那个会一样,便也兴趣索然,继续做认真记录状。毕竟进入领导干部行列时间不长,坐功还不到家,这一段时间会开得屁股早已变成了猴子的屁股,坐不住了。

今天早上,吴夕霞老家有事以后,华夏还认真想了一下,确认今天确实没有通知什么会议,在朵朵举起拳头向他示威以后,认认真真地对女儿说:"五点回来给你做饭,六点去化妆,七点去剧院,OK?"女儿才高高兴兴地走了。没想到,下午刚到单位,原来的人秘科副科长、现在接替他的科长就跑来对他说:"刚才接到通知,三点又有一个会。"

"三点的会,怎么这会儿才通知?"

"他们说把咱们通知落了。"

会疯子

华夏有点犯难,迟迟疑疑地说:"我下午还有点事,能不能让别人去?"

人秘科长也面露难色:"通知必须去一个领导,其他领导都不在,我也请示了局长。"

人秘科长到底请示没有请示局长,华夏也不敢查问了,这也是他当科长时惯用的伎俩。人秘科长就是给领导派活儿的,派不出去是无能,老请示一把手更无能。科长搬出了局长,他也就无话可说了。尽管只是一个徒有虚名的"副调",也是局长念他多年辛辛苦苦、勤勤恳恳的份儿上,极力推荐才当上的。华夏只有暗暗祈祷,今天的会议开得短一点,没想到已经五点二十八了。他恨不得像那只古灵精怪的猴子一样,变出一个自己坐在这里,自己的真身变成一只蜜蜂或者哪怕苍蝇、蚊子赶快飞回家。

华夏只是广电局一个新提拔的副调研员,华夏不是敢大闹天宫的孙猴子,他分身无术,他还希望着过一两年时间有空缺的话能不能转个实职,也不敢提前离会,只好抓耳挠腮地熬着。

朵朵打了好多次电话,华夏没敢接。吴夕霞又打,他也没敢接。他没有给朵朵买手机,朵朵是用家里的座机打的,估计是朵朵着急,又打给了妈妈。他给吴夕霞回了两个字:开会。吴夕霞问:朵朵怎么办? 一大串的问号。他又回了两个字:快了。

前一段时间,一个好事者把在一次会议上拍的照片发到了网上,会场上有睡觉的、玩手机的、聊得热火朝天的、会议室门口站着抽烟的,还有桌签座位上没人的,舆论沸沸,领导震怒,立下规矩:以后开会一律不许开手机,不许走动,电视台全程录像,纪委检查,一旦发现违犯规定者,决不姑息。现在正处在火头上,借华夏一个胆子,他也不敢向枪口上撞。今天下午临时接到会议通知,朵朵在学校上课,他没有办法通知;吴夕霞在老家,她爸老毛病犯了是性命攸关的事,通知了也是白搭。过了五点,他想都不用想,就知道朵朵这会儿的状态,肯定又是奔,又是跳,这儿拍一把,那儿踹一脚,手一直在重播键上按着,嘴里不停地咒骂着:臭爸爸! 死爸爸! 坏爸爸! 朵朵这孩子

独屋里的灯
DUWULIDEDENG

啥都好,就是死认真,活暴躁,荣誉感特强,十三岁的孩子只认了一个理:说话算数。华夏偷偷打开手机,调到震动上,果然电话一个接一个。

手表的指针走得风风火火,领导讲得慢条斯理,已经五点五十分了,华夏不得不再次修正写在笔记本上的时间表,回家的时间一直从四点半改到五点、五点半。他忍着刮骨之痛似的、牙齿咬得嘎嘣嘎嘣响,心里恨恨地"你讲,你讲,讲到死,六点也完了",把到家的时间改到六点二十,把回家的方式改为打的,把为孩子炒菜吃米饭改成边化妆边吃小笼包子。

主席台上讲话的领导终于说:我就讲这些,谢谢大家。指针正好指到六点。

华夏赶快收拾桌上的会议材料,霍地站了起来。

旁边人投来诧异的目光,华夏猛然醒悟似的又坐了下来。果然,会议主持人清了清嗓子,把面前的话筒向低压了压,慢条斯理地开了腔。在说了今天会议的各项议程已经进行完毕,今天的会议开得圆满成功,然后历数今天的会议上,谁谁谁致了辞,谁谁谁发了言,谁做了重要讲话。他知道这是会议的惯例,他给人写过多少这样的主持词,但今天他实在是一分钟也忍受不了了。

华夏内心的嘀咕已经变成了出声的牢骚:还讲!还讲!干了些啥谁不知道?

裤兜里手机一振,又是吴夕霞的短信:"还没完呀,朵朵都急死了!"一连串的感叹号。

主持人的总结讲话还在继续。

"这个讲话高屋建瓴,全面深刻,思想性、指导性、可操作性极强,总结过去一年的工作客观公正,实事求是,部署新的一年的工作……"

吴夕霞的短信一个接着一个:"你的会到底啥时候能完啊?"华夏已经无力回吴夕霞的短信了,他也无话可说,两只手紧紧地攥着手机,不知道因为攥得太紧还是内心焦虑紧张,手和整个身体都抖动了起来。

"这是指导我们今后一个时期工作的纲领性文件,我们一定要学习好、宣传好、贯彻好、落实好……"

"你是死了还是活着?"

"下面我就贯彻落实这次会议精神,再讲四点意见,供同志们工作中参考……"

"你到底是死是活回个话呀,我爸正在抢救!"

"第四,加强宣传,统一认识。报纸、广播、电视都要开设栏目……"

"华副调研员,你好好开会吧。朵朵不接电话,我也不知道她会干出什么事!"

华夏觉得全身所有的血喷涌着上到了头顶,头像有人鼓着腮帮子吹着的气球,膨胀——膨胀——膨胀,"啪"的一声,脑袋好像炸裂了。

事实不是华夏脑袋炸裂了,而是他把手机重重地拍向桌子,还喊了一声:"还有完没完!"

华夏叫喊的声音把他自己都吓了一大跳,他觉得这声音很遥远很遥远,根本不是自己发出来的。

主持人停止了讲话,目光逡巡全场,搜寻声音的来源。顺着华夏身边几个人的目光全场的目光已经聚集到他这里来了,会场静得如空无一人的教堂。

华夏完全不知所措,大脑一片空白,身体像一幅定格的画面,僵坐在那里。主席台上的领导似乎也从未经历过这样的事情,默不作声。

"这位同志怎么了,是不是病了?"过了好一会儿,主持人才语气平静地问。

这句话让定格了的华夏慢慢动了起来。他刚才好像突然莫名其妙地悬浮在半空中了,一时间不知道怎么下来,他感觉脚尖儿挨着了梯子的横档。

独屋里的灯
DUWULIDEDENG

华夏感觉自己的头开始慢慢缩小,大脑如久旱的黄土地遇到了沥沥的小雨,一股湿气慢慢上升。他右手猛地一扫,一阵稀里哗啦的声音,面前的茶杯、材料飞散而去。

"不开了!不开了!"一副孩子恶作剧式的顽皮样儿。

"这位同志病了,工作人员扶下去休息,咱们继续开会。"

华夏自己觉得不是病了,倒像是大病初愈,那些在会议室怎么也想不起来的诗文蜂拥而至。

仰天大笑出门去,我辈岂是蓬蒿人。

醉卧长安酒家眠,天子呼来不上船。

不管是得病了,还是病愈了,事情到了这份上,华夏必须演一场病了的戏,他心里想着李白的诗,嘴里胡乱地咕噜着,被架出了会议室。他甚至想到了阿Q,他想说一句"二十年后又是一条好汉",终究没说出来。

华夏没有想到,这场戏开场是不得已,收场更难。

被架出会场以后,架进了会议休息室,两个人看着华夏,一个人不断地打电话联系他的单位找他的家人,找他们局长。

华夏要了一杯水,一口气灌了下去;又要了一杯,还是一口气。他觉得血液都回到了原位,气也回到了丹田。他听到局长说他还在县上,他会尽快派其他同志处理。老婆吴夕霞的电话一直没人接,估计正在抢救他爸。华夏脑子急速转动着,他在想怎样收场,朵朵的演出怎么办。

"我刚才不知怎么了,突然大脑一片空白。"华夏试探着对看护他的人说,"这会儿好多了。"

看护的人只看了他一眼,没说什么。

"我女儿晚上八点有一个重要的演出,我要领她去化妆,送她去剧院,我很着急。"那几个人还不理会他,打电话的继续打电话,一左一右坐着的两个人面无表情。华夏只好继续说:"人在极其焦躁的时候,情绪容易失控。我看过一个报道,前些年火车速度很慢,一个人坐火车从乌鲁木齐去上海,半道上突然发疯了,还用水果刀捅伤了几个人呢。"说完华夏还笑了笑,试图让气氛松弛一下。

看护他的几个人华夏不很熟,但也算认识,都是搞人秘工作的,打过交道,这阵子他们却像完全不认识他,一副奉命办事的样子。

华夏听见会议室一阵乒乒乓乓的声音,他知道会终于散了,他看了一下表,六点半,就站了起来,两边的人又把他按了下去。

"我要回家,我女儿演出的时间就要到了。"华夏的声音高了起来,"明天我去向领导检讨。"

打电话的那位看了华夏一眼,对华夏说:"不着急,你先在这里休息一下。"说完就出去了,华夏想估计是去请示领导了,就不再说什么。

女儿肯定送不成了,吴夕霞和女儿那里怎么交代,今天的事怎么向领导解释,让他又焦躁不安起来,他真希望这只是一场噩梦。

华夏经常做噩梦。前天晚上他梦见开单位的车碾坏了农民一大片的麦子,还撞到了几个人。一群人朝他围了过来,他想挨一顿拳脚肯定是难免的了,赔钱都是小事,是不是还要坐牢,孩子还那么小,这可怎么办。最恐惧、最无奈的时候,他想这是不是一场梦呀,果真是一场梦。梦醒以后他对吴夕霞感慨地说:"你说人生什么时候最幸福,不是什么他乡遇故知、洞房花烛夜,而是噩梦醒来时啊。"

华夏揉了揉太阳穴,掐了掐手背,确信今天的事不是噩梦。会已经散了,用不了一个小时,这件事就会传遍全城,今后怎么面对局长,面对同事,面对每一个熟人,怎么向人解释,还再参加不参加会。他陷入深深的矛盾、恐慌和自责之中,四十岁的人了,怎么这样没有自制力呢?

华夏想起了他最要好的同学周致中,摸摸裤兜想打个电话,才想起来手机扔到会议室了。正烦乱无奈之际,人秘科长和单位两个年轻人跟着先前打电话的那个人进来了。

独屋里的灯
DUWULIDEDENG

人秘科长带着讪讪的笑,那两个年轻人躲闪着眼神,好像不敢看他。

"咱们走吧,华调研。"人秘科长边说边搀起他的胳膊。

华夏挣扎了一下:"你干什么,我没事,我自己能走。"在自己单位人面前他的语气强硬了一些。

开会的人都散去了,夜幕已经降临。在人们前后护卫之下,华夏走出宾馆的大门,还想着回去怎么向朵朵解释今天的事,却看见眼前停着一辆救护车,心里"咯噔"一下。

华夏下意识地躲开救护车,向一边走去,可是一帮人把他拥向了救护车。华夏艰难地拧过脖子,口气严厉地对人秘科长说:"你们要干什么?我要回家!"

人秘科长还是讪讪地说:"我们陪你去医院检查检查。"

"检查什么,我不需要检查,把你电话拿来,我要给局长打电话!"

"华调研,不用打了,这就是局长的意思。"

华夏就这样被塞进救护车,一路开向郊外的精神病院。

到了精神病院,任华夏怎样解释,所有人都一副见多了的样子,含着空洞的微笑,有条不紊地量体温、血压,填写病历。眼看真的要变成一个精神病患者了,华夏以祈求的语气做着最后的努力,他对人秘科长说:"咱们俩在一起多少年了,你还不知道我嘛!朵朵晚上要演出,她妈又不在,我只是着急,一时情绪失控,这很正常,过去了就没事了。让我住在这里,以后还怎么见人嘛!"

人秘科长似乎被华夏的话打动了,他用求助的眼神看了看接诊的医生,医生还是一副见怪不怪的样子,什么也没说,只是轻轻摇摇头,又好像是说:不理他,刚进来都这样,有哪个精神病自认为是精神病的。

华夏真要绝望了,他只好再次请求人秘科长:"让我给局长打个电话吧。"

人秘科长犹豫了一下说:"我打吧。"然后走了出去。

会疯子

人秘科长回来的时候还是那样一副表情,无可奈何地说:"局长说他明天一回来就来看你。"

华夏彻底绝望了,想起他就要变成一个精神病人,简直无地自容了。他伸出胳膊用力一扫,医生桌子上的东西噼里啪啦全飞了出去。

医生让护士给华夏打了一针镇静剂,换上了蓝色带竖条的病号服。华夏也不再做徒劳的挣扎,顺从地任两个男护士搀着他,走进病区厚重的铁门,走过门窗都安装着铁栅栏的病房。

病人一个个面色惨白浮肿,一副久不见阳光风雨的样子。令华夏有点奇怪的是,这些精神病人并不像想象中那样手舞足蹈胡言乱语,都无精打采默默无语,只是眼神有点怪异。但他还是觉得恐惧,觉得这里的一切都像一座监狱。

华夏这一生最恐惧的就是监狱。也许是受小说电影的影响,在他的印象里,监狱里牢头狱霸横行,恃强凌弱,充满着血腥和暴力,以他这样一个文弱书生,简直就是狼群里的小羔羊。所以,在社会上,从不惹是生非,能躲就躲,能忍就忍;在单位上谨小慎微。当人秘科长的时候管财务,他不敢有丝毫的马虎,生怕出一点纰漏,好在广电局也没有多少钱,现任的局长也是一个谨慎的人,很看重他这一点,才极力推荐他当了一个副调研员。提拔以后,纪委集体廉政谈话,纪委书记告诫大家,要算政治账、经济账、亲情账,好几本账,对他触动更大。从政治上,从农村出来干到今天不容易,抱着桌子腿点灯熬油写的材料装到牛车上,真能累死几头老牛;从亲情上,他离不开朵朵,朵朵也不能没有他,他更不愿给她带来耻辱和阴影。广电局没有钱,也没有权,副调研员又是虚职,是一个绝对安全的岗位,他对自己生活的现状很满意。但他还是一直绷紧着一根弦,即使将来有机会到其他岗位上担任实职,还是要时时刻刻小心,这一辈子绝不能踏进监狱的大门,这是他给自己划定的人生底线。监狱倒是没有进去,却走进了这个和监狱也差不多的地方。局长会怎么看,今后的事怎么做,朵朵和吴夕霞会怎么面对别人的议论?华夏一时实在想不清楚,他感到头痛,头痛欲裂。

把华夏送进病房,那两个护士转身要走,华夏怯怯地拉住护士的胳膊,满眼的恐惧。护士表情轻松地对华夏说:"不要怕,他们和你一样,都是文疯子,不会打人的。"

蒙蒙眬眬中,华夏听见有人在朗诵诗,是戴望舒的《雨巷》:

> 撑着油纸伞,独自
> 彷徨在悠长、悠长
> 又寂寥的雨巷
> 我希望逢着
> 一个丁香一样地
> 结着愁怨的姑娘

华夏一时不明白,谁在朗诵,自己这是在哪里,是不是又是一场梦?他摇摇头,使劲把自己从睡眠的深渊中拉出来,思维逐渐回到了他的大脑中。他想起来了,他是在精神病院的病床上,内心一阵沮丧。

> 她是有
> 丁香一样的颜色
> 丁香一样的芬芳
> 丁香一样的忧愁
> 在雨中哀怨
> 哀怨又彷徨

戴望舒的诗,尤其这首《雨巷》也是华夏所喜欢的,他曾经多次朗诵过。

> 她彷徨在这寂寥的雨巷
> 撑着油纸伞
> 像我一样
> 像我一样地

会疯子

默默彳亍着
冷漠、凄清,又惆怅

她默默地走近
走近,又投出
太息一般的眼光
她飘过
像梦一般地
像梦一般地凄婉迷茫

  凄婉迷茫的调子来来回回缠绕着,华夏知道这是所谓的文疯子的行为了,从今天开始他也是一个文疯子了。

  昨天晚上,华夏进来的时候,根本没敢多看一眼,就悄悄爬到床上,用被子蒙上头睡了。也许是镇静剂的作用,也许是这样一番折腾,他也累了,或许是他实在不知道怎样面对这样糟糕的现状,躲进了睡眠之中,一夜安睡。这会儿,他也不敢掀开被子,静静地躺着,《雨巷》像音乐一样在病房里缠绵地流淌。

  这个人朗诵得不错,充满着深情,有点杜鹃啼血的感觉。华夏却无心继续欣赏,他现在发愁的是怎样面对今天的太阳。

  "24床,该起来了。新来的那个,说你呢,快起床!"

  护士的吆喝给了华夏一个不得不面对现实的理由,他掀开被子坐起来,看见阳光已经洒满了病房。护士给他递过来几片药和一小杯水,他迟疑着不接,护士目光坚定地盯着他;勉强接到手上,他还是不肯吃,护士仍然盯着。华夏不知道这药吃了有没有什么副作用,但他清楚地知道说什么都是白说,就皱着眉头吞了下去。

  护士推着治疗车出去以后,坐在他旁边那张床上、一个五十多岁的干瘦老头儿笑嘻嘻地凑了过来。华夏本能地躲了一下,老头儿也不在意,还是笑嘻嘻地问华夏:"怎么进来的?"

  完全一副监狱里的腔调,华夏很没好气地说:"我没病!"

  老头儿大笑了起来,笑得上气不接下气:"进这里来的都说自己

独屋里的灯

没病,没病进这儿干吗来了?就像进了监狱的人,都说自己是冤枉的,可最后一个个都被判了,有的还'嘎嘣'一下,毙了。"老头儿边说还边比画了一个打枪的动作。

"从今天开始,我们就是病友了,我们应该互相认识认识。"老头儿又向近凑了凑,非常认真地说:"我,孙守金,被人骗了,在这儿资格最老,三年了。"老头儿转过脸接着说:"那个小伙子,林雨巷,大学生,被人甩了,花痴;那个,陈苍苍,大官,常务副县长,被人坑了,抑郁。"

华夏仔细打量了一下那两个人。那个林雨巷除了朗诵《雨巷》就是在一个活页本上不停地写字;那个陈苍苍基本上都躺在床上,盯着天花板,面无表情,不吭不哈。

华夏被人从会议室直接送到了这里,什么都没带,脸也没法洗,饭也没法吃。开早饭的时候,护士送过来两个馒头,让他先凑合凑合,说等家里来人了再说。他没胃口,没吃,也没事可做,就在病房里转悠,让他清晰地想起牛汉的名诗《华南虎》。

中午一点的时候,护士来喊:"24床,家属会见。"来的是吴夕霞和朵朵。

一间小房子,一张小桌子,华夏更感觉像监狱的会见室。吴夕霞一脸憔悴,明显没有睡好的样子;朵朵怯生生的,一直抓着吴夕霞的衣襟,躲在妈妈的身后。

"朵朵,来让爸爸抱抱。"华夏伸出了双臂,朵朵向后躲了一下。

华夏不想让孩子感到恐惧,故作轻松地说:"朵朵别怕,爸爸是文疯子,不打人的。"

吴夕霞接话说:"不是文疯子,是会疯子。"

显然,华夏还不知道会疯子的意思。吴夕霞早上才从老家回来,会疯子的事已经传遍了全市。传言总是越传越离谱,好多人并不知道详情,只知道一个领导开会开疯了,送到了精神病院。这个领导其实就是广电局副调研员华夏。

华夏觉得被称作会疯子,有点苦涩无奈,他也不想多解释什么,着急地对吴夕霞说:"你了解我,你知道,这一切没有理由,我只是为朵朵的事焦急。"

"现在能说清楚吗?"吴夕霞问。

"能说清楚,你去跟局长说说,我没事,我没有病。"华夏不想提那个疯字。

朵朵满含着幽怨和责备,一直躲在妈妈的身后。华夏不好问她演出的事了,吴夕霞也没有多说什么,留下一些生活用品走了。

局长带着几位副局长和人秘科长来看华夏的时候,已经是第三天的下午了。还是在那间会见室,满桌子的礼品华夏一眼都没看,见到局长就像见到了救命恩人。华夏像一个犯错的孩子先向局长深深地鞠了一躬:"局长,对不起,我给您丢人了,我向您检讨,我向市上领导检讨。"

局长面无表情,华夏继续恳切地说:"我只是着急,我没有控制好自己的情绪,当时我脑子一片空白。现在我没事了,一点事都没有了,什么事都没有了,精神神经都好好的,我想出去,一切让我来面对吧。"

局长仍然面无表情,一言不发,只是拍了拍华夏的肩膀就走了。

局长刚走,华夏最要好的同学周致中就来了。精神病院探望病人就像探监一样,所带的东西要经过检查,周致中给华夏带的两条软中华,被拆去了外包装。华夏顾不得别的,还是迫不及待地表白自己:"老同学,他们都不相信我,你可要相信,我很清楚,我没病。"见周致中还在观察他,华夏为了表示自己的正常,说:"我给你背一篇古文吧。"

庆历四年春,滕子京谪守巴陵郡。越明年,政通人和,百废具兴。乃重修岳阳楼,增其旧制,刻唐贤今人诗赋于其上。属予作文以记之。

予观夫巴陵胜状,在洞庭一湖。衔远山,吞长江,浩浩汤汤,横无际涯;朝晖夕阴,气象万千。此则岳阳楼之大观也。前人之述备矣。然则北通巫峡，南极潇湘，迁客骚人，多会于此，览物之情，得无异乎？

华夏背诵的准确投入，一字不差，周致中却只是笑了笑说："华夏每次酒喝多了都要背古文的。"边说边站起了身："先在这里休息几天也好嘛。"

周致中走后，华夏几乎绝望了。吴夕霞再次来的时候带来的消息让他彻底绝望了。

吴夕霞说："看来，不管有病没病都得在这住一段时间了，局长说现在社会上舆论纷纷，领导很恼火，先在这儿住着吧。他还让你放心，待遇前途都不会受到影响。"

精神病院虽然地处郊区，但是距离并没有隔断与市里的信息联系，华夏的事通过医生护士已经传遍了整个病区，人人都知道他是个会疯子。会疯子就会疯子吧，索性就做一段时间疯子。华夏一下觉得做疯子并没有什么不光彩的，心底坦然了许多，开始主动融入这个疯子的集体，也不避讳谈自己的疯了。

老头孙守金是病房里年龄最大、也是最活跃、最闲不住的人，满病房整天几乎只有他一个在说。他说，他原来是国有机械厂的工人，下岗以后自己开了个小厂子，苦心经营十几年，也积累了百万家当，曾经红火了一阵子，作为下岗再就业的典型到处演讲，会没少开，"也差一点开疯了"。老头边说边冲华夏眨眨眼睛。可是鬼迷心窍，听信了一个多年的朋友，把所有积蓄都交给朋友搞融资，还把亲戚朋友都拉了进来，前后砸进去一千多万。后来利息收不回来，本钱也打了水漂，厂子被砸了，机器被卖了废铁，房子也被占了，他就住进了这里。

华夏发现这老头不知道以前有病没病，现在好好的，实在没话说的时候就扳着数手指头，像是在算一笔永远也算不清的账。平时一切正常，医生一查房，马上嬉皮笑脸，胡言乱语。护士盯着吃药，他也能把药藏在舌根下，还夸张地张大嘴巴"啊啊"几声，等护士转过身就偷偷地吐了。这倒教了华夏一招,也不知道发的什么药,吃的华夏整天昏昏沉沉,迷迷瞪瞪,胃痛难受。有了这招,好受多了,真正成了名义上的疯子。

老头说,陈苍苍本来是县上的常务副县长,今年换届已经提名县长候选人,只等走个选举的程序,就能走马上任。可在人代会召开的前两天,他的竞争对手一份状子递到了省纪委,暂停提名。得,好端端的事黄了,天天不吃不喝不睡,只发呆,送这儿来了。咱这几个人中最苦的是林雨巷,小伙子心里苦啊,跟对象好得一个人似的,却让一个房产商拐带跑了,人就成了这个样子,娃学校还没毕业,以后怎么办哩。

孙守金越说,华夏越觉得这老头根本没病,他来这里就是为了躲债;陈苍苍也许最初想不开,受了些打击,现在可能只是觉得心灰意冷。看来,精神病院关的假疯子还不止我华夏一人。对于自己这个发现华夏觉得好笑又可怕。

孙守金还是每天打探传播消息,林雨巷还是朗诵戴望舒,陈苍苍还是一如既往地沉默不语,日子漫长而无聊。吴夕霞给华夏带来了几本书,这里实在不是一个读书的地方,华夏翻了几页就扔到一边去了。百无聊赖,华夏也厌倦了孙守金的絮絮叨叨,他试图想跟陈苍苍、林雨巷说说话,两个人好像都沉浸在自己的世界里,无动于衷,很是无趣。

孙守金也很无聊,凑到华夏的身边:"华调研。"他有意叫成"华调(条)盐","你最近开了多少会?"

"记不清了。"华夏真的记不清最近到底开了多少会。

"开会很痛苦吗?"

"你不是也差点开疯了吗?"

"我那是就那么说说,后来我想开,人家树立了新典型,不要我开了。"

独屋里的灯
DUWULIDEDENG

"你在厂里不开会吗?"

"也开,我那简单,三槌两梆子,枣核子改板——两句(锯)。"

孙守金的话倒引起了华夏的兴趣,他想知道这个私营业主怎么给员工开会。

"那你给咱们重演一下?"

"没麻达,现在就布置会场,你主持。"无聊极了的孙守金表现出了极大的兴趣。

两个人拉过来两个床头柜拼在一起,拿过来两个饮料瓶做话筒,会议就开始了。

"现在开会。"华夏一本正经地开始主持,"今天咱们召开一个全厂安全生产大会,会议的主题是贯彻全市安全生产会议精神,通报我厂安全生产形势,制定今后五年安全生产规划。会议的议程有五项……"

不等说完,孙守金就进入了角色,打断了华夏的话。

"别听华调研胡咧咧,哪有那么多一程二程,就我说两句。狗日的晚上睡觉都老老实实的,不要胡骚情。早上精精神神来干活,工作服穿上,口罩戴上,眼睛擦亮,冲了手砸了脚,老子可没有钱给你看、给你赔。吃挂面不调盐,有言在先,谁的责任谁担上,谁家娃谁抱上。就这,该干啥的干啥去,谁耍尖溜滑,开销狗日的。散会!"

华夏还没有反应过来,会就完了,仔细一想,还就这么回事,该说的都说到了。连陈苍苍和林雨巷的目光都转过来了。

孙守金得意地问华夏:"怎么样,干脆吧,把他些狗日的还没办法?"

孙守金好像终于找到了乐子,意犹未尽,试试探探地转向陈苍苍:"陈县长,要么你也来一段?"

令华夏吃惊的是陈苍苍居然从床上起来了,脱掉了病号服,开始换衣服。

华夏和孙守金赶快又拉来一个床头柜,找来一个饮料瓶。

陈苍苍穿好西装,打好领带,又从上到下抻了抻,抖了抖,病房里没有镜子,他就用手捋了捋头发,走了过来。

华夏和孙守金赶紧坐好,等陈苍苍落座以后,华夏拿起"话筒",一时却不知说什么好了。

陈苍苍沉稳地从西装内侧的衣兜里掏出一叠稿子,庄重肃穆的读了起来:

尊敬的各位领导、各位人大代表、同志们:

我很荣幸当选新一届县人民政府县长,感谢组织多年的培养,感谢人大代表投给我庄严而神圣的一票,感谢全县三十二万人民的信任。

原来这是陈苍苍早已准备好却最终没有用上的就职演说。

我出身于农家,大学毕业以后从最偏远的乡镇农业技术员干起。由于组织的信任,给了我多个岗位锻炼的机会,我先后担任乡镇农技站站长、乡镇长、乡镇书记,县农业局局长,副县长,县委常委、常务副县长。参加工作二十多年来,无论环境多么恶劣,条件多么艰苦,我都兢兢业业,勤勤恳恳,无怨无悔,从不敢有丝毫的懈怠,因为我要以满腔热血回报生我养我的这块土地;无论职位怎么升迁,地位怎么变化,我的农民本色从没有改变,不贪不占,简朴生活,低调做人,谦虚为怀,宽厚待人,因为广大人民群众就是我的父母。我的努力也得到了回报,组织提拔重用我,人民代表信任选举我,这是我一生最大的光荣,是我一辈子最为自豪的事情!

陈苍苍的声音有些哽咽,华夏看见一颗硕大的泪珠慢慢地滚出他的眼眶。

说实话,我也想当这个县长,但我当这个县长不是为了谋个人的利益,不是为了光宗耀祖,我是真心实意地想为父老乡亲们做点力所能及的事。今天,我荣幸当选,我愿意做一头老黄牛,任组织和人民驱使。如果我偷懒,如果我走错

独屋里的灯

了犁沟,你们谁都可以狠狠地用鞭子抽我,我绝无二话。

陈苍苍已经泪流满面,但越说越投入,声音越激昂。华夏看见林雨巷也专注地听着,医生护士和其他病房的病人都被吸引了过来。

我叫陈苍苍,是我父亲给我取的名字,我父亲没有文化,我也知道这个名字土气。我上大学时就经常被人嘲笑,但我从没有想过改一个洋气的名字,因为我就是土中生、土中长的土人,我就是土中刨食的农民的儿子,我永远都是农民的儿子,我是你们的陈苍苍。

陈苍苍说"谢谢大家"四个字的时候,已经泣不成声。说完他向唯一面对他的听众林雨巷深深地鞠了一躬,又转过身向身后的医生、护士、病友鞠了一躬。

病房里变得凝固了一样的静默,不知过了多长时间,孙守金拍了几下巴掌,人们才像醒过来了似的,响起了热烈的掌声。

陈苍苍又恢复了原来的样子,静静地躺在床上,眼睛盯着天花板。病房里的空气又凝固了,人们不知道该散去,还是继续站着,傻了一样盯着站在对面的林雨巷。

孙守金不愿意这样热闹的气氛散去,这是他三年以来,最美好的时刻。他突然有了一个主意:"林雨巷,你不开会,今天这么多人,你把你那首诗给大家朗诵一下吧。"

华夏没想到,林雨巷居然没有推辞,满含羞涩地开始了朗诵。不过朗诵的不是《雨巷》,而是林徽因的《你是人间的四月天》:

　　你是人间的四月天
　　　　——一句爱的赞颂

　　我说你是人间的四月天
　　笑响点亮了四面风;轻灵
　　在春的光艳中交舞着变

你是四月早天里的云烟
黄昏吹着风的软,星子在
无意中闪,细雨点洒在花前

那轻,那娉婷,你是,鲜妍
百花的冠冕你戴着,你是
天真,庄严,你是夜夜的月圆

雪化后那篇鹅黄,你像;新鲜
初放芽的绿,你是;柔嫩喜悦
水光浮动着你梦期待中白莲

你是一树一树的花开,是燕
在梁间呢喃——你是爱,是暖
是希望,你是人间的四月天!

晚上躺在床上,华夏回忆同病房三个人今天的表现,百感交集。他分辨不清谁是疯子,谁是正常人了,他觉得自己是不是真的疯了。

《飞天》2014 年第 4 期

独屋里的灯
DUWULIDEDENG

生活：网

走进办公室，宋观澜顺手打开饮水机，拿起茶杯，把昨天的残茶倒进花盆里，放上新茶叶，然后把自己舒舒服服地放进宽大的皮质转椅里，手轻车熟路地伸向电脑主机那个圆圆润润的按钮，轻轻一按，在电脑如风一般飒飒开启的声音中，点燃一支烟，深深吸上一口，戴上眼镜，打开新浪新闻，一边浏览，一边等待着饮水机的红灯变绿。

"嚆"的一声轻响，水开了。泡上一杯酽酽的绿茶，一手握茶杯，一手握鼠标，大口大口地啜饮。一口滚烫的茶水，就像一颗烧红的圆石，在口腔里旋转一周，穿过狭窄细长的食道，滚落进胃里，激起一团热浪。一杯茶喝完，五脏六腑、四肢百骸、五官七窍、皮肤毛孔全都哗啦啦打开了，周体通泰。宋观澜才算彻底从晚睡的懵懂中醒过来了。这时候，新浪新闻浏览完了，报纸也送到了，宋观澜一个新的工作日正式开始。

这个过程，没有经过设计，但是多少年如一日的坚持，已经形成了可以自动开启、自主运行的程序。

今天的程序才开启，宋观澜刚刚把水接进茶杯，还没有来得及喝上一口，桌上的固定电话响了。宋观澜一看来电显示，是纪委副书记何旺祖，他就不用客气了。

"怎么了，又忘了祖先，想起我了。"小地方的官场就是这样，越是当爹、当爷问候女性亲属，越是亲切。在朋友圈里，何旺祖一直都是"何忘祖"。

"你到我这儿来一下。"口气有点冷。

"是不是又有啥好烟好茶要孝敬你大呀?"

电话"嘟嘟嘟"挂断了。

宋观澜心想:这个家伙作精作怪的干啥,半老十岁了,还想给人一个惊喜?

宋观澜的办公室在这个统办楼的底层,何旺祖在十一层,掩上门,宋观澜直接上了电梯。

何旺祖办公室的门虚掩着,就是关着,宋观澜无论什么时候找何旺祖也是长驱直入。

宋观澜张嘴又要开骂,却发现何旺祖的办公室还坐着一个人,是纪委党风廉政室的一个副主任,相互也熟识,但面对年轻人,宋观澜还是把已经到了唇吻之间的那句"狗日的"生生咽了下去。

何旺祖板着面孔,没有给他递烟,没有沏茶,也没有让座,一副公事公办的样子。宋观澜尽管疑惑,也只好自找地方、表情严肃地坐下。

何旺祖抬了一下下颌,党风廉政室副主任从手中的文件夹里拿出两页纸,递给宋观澜。

宋观澜一看,是一份"舆情信息专报"的复印件,上面有一副模模糊糊的图片,好像是一男一女,女人挽着男人的胳膊,很亲昵的样子。抬头有领导们龙飞凤舞的批示:请纪委查明情况,尽快上报。

宋观澜奇怪地问:"这与我有什么关系?"

何旺祖似乎觉得更加奇怪,不由得笑了一声,不过这笑短促得就像不小心溜出来的屁,又被赶紧夹住了。接着,像所有放了屁又要装出一脸无辜样子的人一样,正了正色,说:"与你没有关系?"

宋观澜急赤白脸地说:"领导让你们调查,与我有什么关系?"

何旺祖明白了宋观澜没有看清图片的内容,颇有耐心地说:"你再仔细看看。"

宋观澜仔细一看,似乎想起了什么,倒有点释然,也有点愤怒:

独屋里的灯
DUWULIDEDENG

"这什么意思?"

何旺祖说:"这得问你。"

宋观澜:"这有什么?"

何旺祖:"还得问你。"

宋观澜也没好气了:"那你问!"

何旺祖:"照片上的人是你吧?"

宋观澜:"是我!咋了?"

何旺祖:"另一个呢?"

宋观澜找不到一个合适的词形容"另一个人":"一个——熟人,咋了?"

何旺祖:"你说咋了?"

球又踢回来了。宋观澜愤怒质问的拳头让何旺祖的棉花包统统化解于无形,他无奈地缴了械:"这东西哪里来的?"

何旺祖:"网上。"

宋观澜:"哪个网?"

何旺祖:"贴吧。"

一听上了网,宋观澜的脑子一下乱成了一锅粥,一时不知道说什么好。何旺祖从他语无伦次的一堆话中理出了一个意思:没有什么事,真的没有什么事!

何旺祖已经听明白了宋观澜的意思,宋观澜好像自我感觉还没有说明白,反反复复的几句话,把他自己都搅糊涂了。

何旺祖知道宋观澜死爱面子,真的急了,便略微带了一点老朋友的安慰口气:"老宋,不要急,没有事就好,我也希望没有事。你先回去看看网上舆论,好好想一想,写一个情况说明,明天下午交来。"

宋观澜气呼呼地回到办公室,觉得口舌发涩,一口气喝完杯里的茶水,急忙打开百度本地贴吧,却不知从何看起。他又看了一遍那份《舆情信息专报》,在图片下面发现了几个小字:美女与野兽。输入这几个字,一个与他有关的荒诞剧启幕了,他是主演,但却像中央电视台的节目《谢天谢地你来啦》,没有剧本,不知道剧情会怎样发展。

贴吧里面的内容与《舆情信息专报》基本一致,就是多了几条帖子,大概是后来跟上去的。

原始的帖子发于三天前,两幅清晰的彩色照片,一个年轻的女性挽着宋观澜,亲密地依偎着。一幅上面的时间是20:18,一幅的时间是22:56。一幅是背影,要进门的样子;一幅是正面,刚刚走出门。两个多小时的时差,神态却出奇地一致,背景都是闪烁着霓虹灯的酒店大门。帖子的名称是"街头偶拍",照片下注了五个字:美女与野兽。

正是深秋季节,天气已经变冷,还没有开始供暖,底楼背阴的房子,冷得让人发抖,宋观澜的头上却开始冒热汗,口干得也能冒出火来。他顾不上接水,点了一支烟,迫切而又忐忑地看着后面的跟帖。

美女啊,口水流出来了!唔——唔——唔——
真是伤不起,让我等光棍情何以堪啊啊啊……
大叔好艳福啊!羡慕嫉妒恨!
主要好功夫:20:18——22:56,超长——发挥
要不敢称野兽?
未必吧?药好……什么来着?
老夫少妻?
切!菜鸟一个!夫妻还要宾馆开房?
大叔何方神圣?
不是老板就是贪官!
好像是大院的……
又一个贪官!
贪官必色!
快报上万儿,满足一下小的一贯强烈的好奇心,跪求!!!

独屋里的灯
DUWULIDEDENG

　　报——十万火急!!!

　　报——要出人命了!!!!

　　宋观澜越看越生气,越看越愤怒,纯粹无中生有,胡说八道!他觉得胸闷气憋,心跳加速,浑身发抖,大汗淋漓,如魇在一场噩梦里,真的要出人命了。出人命的不是别人,而是自己。

　　宋观澜靠在椅子上,长舒了几口气,平静了一下情绪。他过去接了一杯凉水,一口气灌下去,又接一杯灌下去,头脑稍微清醒了一点,他想起网络上的一句话:躺着也中枪。

　　宋观澜又查看了一遍帖子,第一条发于三天前,最后三条是今天早晨刚刚发的,《舆情信息专报》上还没有。这件事确实很简单,完全不是网上说的那样,但要向纪委说清楚却不容易。

　　就在第一条帖子发出的十天前,是个星期天,宋观澜接到一个陌生的电话,对方是个女的,声音尽管带着一些刻意的娇媚,但仍然掩饰不住岁月的沧桑。对方并不直接告诉她是谁,而是故作小儿之态,兜着圈子让宋观澜猜:你猜嘛,你猜我是谁嘛,你真把我忘得光光的了吗?

　　宋观澜终于从记忆深处捞出了这个女人:金淑梅!

　　"宋大主席现在家里佳人相伴,外面美女如云,哪里还记得老同学呀!"金淑梅不无醋意地说。

　　宋观澜与金淑梅是中学同学,相互都有点朦朦胧胧的好感,年轻的眸子里常常冒出星星点点的火花。金淑梅家在县城,父亲是县里一个部门的领导。宋观澜出身农村,他清楚要让好感结出果实,让火花燃起火焰,自己必须考上大学,完成从农村到城市、从农民到干部的蜕变;要实现这种蜕变,必须心无旁骛通过高考这座独木桥。宋观澜经过两年复读艰难地通过了;金淑梅高中毕业就参加了工作,很快结婚了,不久又下岗了,后来渐渐失去了音讯。

　　金淑梅说老同学赏光,晚上一起聚聚。

宋观澜当然没有理由拒绝,他想电话里问问金淑梅的情况,金淑梅说:见面再叙吧。

宋观澜走进酒店包厢的时候,里面已经聚了好几个人,烟雾缭绕,笑语喧哗。

金淑梅没有了电话里的热情,矜持地伸出手,恩赐般地让宋观澜去握。宋观澜知恩领赏式地把那只小手圈进自己的大手,不像是握手,倒像是给金淑梅暖手,心里微微泛起了波澜:时光要是能够倒流,这会是多么幸福的时刻啊!

"宋员外官当大了呀!"金淑梅抽出手,撇着两片薄嘴唇,不知是嘲讽,还是夸赞。

"不大不小,职务等身。"宋观澜从一时的愣怔中恢复了过来。

"又是官员,又是员外,潇洒滋润得很哪!"

"桃花源中人,桃花源中人。"

"员外快请入座——"一个温婉细腻的女声,带着长长的尾音,如戏曲的道白。光顾了与金淑梅寒暄,宋观澜这才发现金淑梅后面站着的一个娉娉婷婷的妙龄女子。

"我的助理,萧微微。"金淑梅淡淡地介绍了一下。

宋观澜也收敛了一下神情,打了个招呼:"你好!"

萧微微大方地伸出手:"领导好,员外好!"

一番闹闹嚷嚷的拉扯谦让之后,每个人都在合适的位置落了座。金淑梅致了简短的祝酒词,说她多年在外,和同学们、朋友们久疏联系,这次回来也没有什么正事,大家一起聚聚,叙叙旧情,希望大家开怀畅饮,一醉方休。

宋观澜也不很清楚金淑梅这些年都在做什么,但显然是久经历练的样子,仪态从容,大方得体。尽管金淑梅掩饰得天衣无缝,宋观澜还是听出了一点衣锦还乡的得意。也许老同学发达了。

在座的还有几位中学同学,几个文化单位的头头脑脑,相互都熟悉,也没有更多的客套。加上有宋观澜与金淑梅的过往作为噱头,又

独屋里的灯

有美女作陪,酒桌上的气氛很快就热烈起来了。

金淑梅提议了三杯酒,每一杯都有一套说辞,在一一监督大家喝完亮杯以后,又开始挨个敬酒。到了宋观澜这里,金淑梅对跟在后面的萧微微说:"满上!"

宋观澜也豪爽地说:"填满踏瓷。"

萧微微不解地问:"填满踏瓷啥意思?"

"你小娃娃当然不懂了,我们在生产队担牛粪的时候,就要填满踏瓷。"宋观澜又发挥了一下:"小姑娘脚碎的话也可以踏两脚。"

"别耍嘴皮子了,喝!"金淑梅不满地催促。

两人喝完,金淑梅说:"再来!"

又一杯喝下去,金淑梅还不依不饶:"咱俩至少三杯!"

大家开始起哄:"喝个交杯酒——"

"喝就喝!"宋观澜伸长了胳膊,弯出一个弧度,等着金淑梅。金淑梅却一仰脖先喝了,盯着宋观澜:"喝不喝?"

宋观澜有点尴尬,心想:干什么呀,弄得好像我是个陈世美似的。也一仰脖喝了。

宋观澜有点酒量,也豪爽健谈,风趣幽默,常常妙语连珠,不管生熟的人,在酒场上,他很快就成了话题的中心,也是围攻的对象。

金淑梅敬完,萧微微敬酒。轮到宋观澜的时候,萧微微已是两颊酡红,面如桃花。宋观澜心里微微一动:如此一个清清纯纯的女子,怎么就混到这污泥浊水中了,可惜,可惜。不觉动了怜香惜玉之情。

萧微微斟满两杯酒:"填满踏瓷!"

宋观澜接过酒:"我喝完,萧姑娘随量。"

"萧姑娘"是个冰雪聪明的"小姑娘",她早已感觉到了宋观澜和她老板之间的微妙,扭了扭腰肢:"哪有领导喝干我随量的道理。"一口喝干了。

宋观澜说声"谢谢",正要转身落座,萧微微却说:"员外大人和我老板喝三个,也得和我喝三个。"

把酒称为"个",是酒江湖的话,看来这小姑娘混迹日久。宋观澜只好示弱,给个台阶:"少喝点,少喝点,我不行了。"

"男人不能说不行的呀——"声音麻酥酥得让耳朵都能动起来。

宋观澜喝了:"这下好了。"

"你好了人家还没好呢嘛——"

宋观澜瞥了一眼金淑梅,她貌似专注地与身边的人说话,耳朵却明显地倾向于这边。宋观澜动了气:"谁是谁的谁呀!"他端起酒杯,也换了一副腔调:"喝!你好我好大家都好!"

这样的场合都大同小异,说一些不咸不淡的话,开一些不荤不素的玩笑,讲一些不伦不类的段子,表一些不痛不痒的情,喝一些半推半就的酒,逢场作戏罢了。该说的说了,该喝的喝了,戏也到了尾声,大家有点意兴阑珊的样子,宋观澜悄悄溜了出来。

宋观澜不知道为什么心中有些隐隐的不快,反正他觉得吃女人的饭总不好,哪怕一顿。他想偷偷地去把账结了。走到吧台前发现萧微微已经在那里了,萧微微也发现了宋观澜。

"怎么,员外大人要替我们金老板埋单?"可能是没有了那个氛围,萧微微语气稳重了许多。

"你们回来了,我应该尽地主之谊。"

"地主婆安顿了,我要完不成任务,会丢饭碗的。"

萧微微把"地主"和"地主婆"连在一起,把宋观澜逗笑了,他还是坚持着:"我来吧,不让地主婆知道。"

"要当无名英雄啊?"

"我结了回去报销,钱你拿着,就当是地主婆发的奖金。"

"让我跟你一起贪污腐败呀?"萧微微又恢复了顽皮的模样,双手按着宋观澜的脊背,把他推了出去。

宋观澜的单位是个清水衙门,他也只是一个副职,又不分管财务,结了账也是自己掏腰包,他就是为了胸中莫名的一口气。这会儿,他觉得脊背痒酥酥的,心中隐隐又泛起一丝喜悦。宋观澜含着笑

独屋里的灯

走进包厢,金淑梅提议大家一起去旁边宾馆的歌厅唱歌,并要求"一个都不能少"。

宋观澜赶紧告饶:"我就不去了,我那公鸭嗓子不会唱歌。"

金淑梅颇为严厉地说:"尤其你,你们家的金枝玉叶一会儿不陪,少不了啥!"

这段过程,三两行就可以写清楚,接下来的事情其实也很简单,但要向组织说明,却有点说不清,道不明。

关键是那两幅照片。

夜晚。酒店。两个人,一个年近半百的领导干部,一个美貌如花的妙龄女郎;相依相偎,一出一进,两个多小时……给人留下了多少遐想的空间啊。

已经是中午了,宋观澜还是没有理出一个头绪。他一直在审问着自己:谁拍的?目的是什么?

宋观澜师专中文系毕业,在家乡的乡村中学教了五年书,选拔到县委办公室当秘书、副主任、主任,抱桌子腿、爬格子十五年。同时期的秘书有当县委副书记的,有当常务副县长的,师专毕业直接进入行政机关的同学,现在有一把手县长,也有市里的部门主管,县里领导觉得带一个年事已高的办公室主任,鞍前马后地伺候不大方便,就多方争取,才给他谋了个市科协副主席的职位。在这个有职无权的岗位上一干又是六七年。宋观澜倒也安之若素,没有不满的牢骚,也没有动一动的野心,一丝不苟地做好每一件小事,谦虚谨慎地辅佐一把手,没有突出的业绩,也没有犯过什么错误,算是一个平庸的官员,平常的人。他的内心却是一个挺拔的人,见到位高权重的人,不谄媚,不巴结,也不虚伪地高傲,该说的放开了说,该笑的爽朗地笑;很熟的人,也拍拍打打,骂骂咧咧,不受名利羁绊,超然物外、无欲则刚的样子,所以有员外之称。宋观澜也上网,但仅限于浏览新浪的新闻、人民网的评论、凤凰网的图片,隔段时间进本地的百度贴吧看看,一些报纸、电视上看不到的消息,往往就是从这里得到的,也只是看看,从来不发言。一个手中无权又与世无争的人,会有什么死对头专门盯他的梢呢?或者只是好事者的无聊之举?

宋观澜实在想不明白其中的缘由,但把柄确实是自己留下的。

酒宴结束以后,金淑梅提议去唱歌,要求宋观澜必须去。已经有几个人借故走了,金淑梅也没有强留,宋观澜只好怏怏不快地随众人走出包厢。还在吧台的萧微微给老板说了一下唱歌的地方,金淑梅在前面领路,宋观澜跟在最后。

下楼梯的时候,宋观澜趔趄了一下,一只温柔的手搀扶了他一下。是赶上来的萧微微。

"员外因什么而欲倾倒啊?"萧微微偏着头、迷离着微醉的眼。

"因为萧姑娘呀!"

萧微微一撇嘴:"才不是哩吧。"

萧微微就这样挽着宋观澜走出酒店,走进另一个宾馆的大门,进入歌厅的包厢。

宋观澜确实不会唱歌,也从心底里不喜欢歌厅这样的地方。金淑梅却是个地地道道的麦霸,差不多一直在唱。个人独唱,与人合唱,萧微微点歌,陪其他客人唱歌、跳舞,忙得不亦乐乎。有一点空闲就与宋观澜摇骰子、喝啤酒。金淑梅几次邀请宋观澜唱歌,宋观澜都说:"我是说的比唱的好听,你就不要让我在人面前露丑了,让我洗耳恭听你们美妙的歌喉。"

宋观澜觉得有点冷落金淑梅了,毕竟人家一片盛情,而且他们之间谁都不欠谁,也没有必要弄得跟有多大仇似的,就在金淑梅唱歌的间隙凑过去交流了一下毕业以后的情况。

金淑梅高中毕业以后,就被他爸安排进了县上的印刷厂,很快厂子倒闭,她下岗以后先是在县城开了个小小的打字复印部,一步一步发展。现在在省城开了一个文化公司,经营印刷、广告、出版等业务,

独屋里的灯

这次回来一方面联络一下老同学,一方面也想在老家拓展业务。

就说嘛,商人的饭哪有白吃的。宋观澜一分钟也不想多待了,趁金淑梅唱歌的时候,他开溜了。

刚踏上楼梯,一只手又挽住了他。

"员外要走啊?"还是萧微微,还是那副样子。

"酒喝多了,不行了。"

"也不道个别?"

"不用了,你随后给说一声。"

萧微微一直挽着宋观澜。宋观澜尽管清楚这只是老板助理的职业需要,但是被一只年轻女性的胳膊挽着,紧贴着一副年轻曼妙的女性躯体,也很受用;这种受用让他更加踉踉跄跄的。

出了宾馆门,走下宾馆的台阶,两人站在马路边就挥手告别了。

事情就这么简单。可是让人拍了照片,发到网上,又通过《舆情信息专报》送到领导那里,就不简单了。宋观澜本来是要向组织说明情况的,但他却一直纠缠在到底谁拍的、为什么拍的问题之中。已经是下午四点半,七个小时过去了,宋观澜还未落下一字。

骤然响起的电话铃声,打断了宋观澜的苦思冥想。

"员外,上网了?"是同学老杨。

"没——有,没有啊——"

宋观澜没有反应过来,以为老杨问他是不是在上网。待他明白自己正是一个网络事件的当事人以后,赶快刷新了一下贴吧的网页。事件已经发酵得如火如荼。

仅仅大半天时间,一些网民充分展示了他们的"人肉"能力,完全满足了另一部分网民的好奇心。宋观澜的姓名、年龄、绰号、单位、职务、工作经历,开会、调研的照片,以前发表过的文章,甚至妻子、女儿的情况全部被晒了出来,跟帖评论达到六七页,还配有多个宋观澜看不懂的表情符号。所有的评论几乎都是一边倒,认定宋观澜是个色官,色官不贪凭什么色,因此呼吁彻查严惩,给网民一个交代。这段时间陕西"表哥"的事正在网上热炒,有网民就给宋观澜套了一个"婊哥"的称号。宋观澜已经无力愤怒了,他觉得无助。"文革"时期的群众运动揪斗走资派、当权派,至少面对的是活生生的人,不管有用没用总还能申辩,发出自己的声音。在虚拟的网络空间里,舆论汹汹,拳脚相加,感觉有一大群人在对自己吐口水,泼脏水,他却无法说一句:事实不是这样的。感觉无形的拳砸向自己,无影的脚在他的身上踩满了脚印,却无力回击。宋观澜也想发一个帖子,澄清事实,他看到一个帖子说"也说不定是其他正常关系",遭到的是讨伐和辱骂,很快就被淹没了。宋观澜从来没有觉得这样地人微言轻,宋观澜从来也没有想到身正也怕影子斜。

晚上回到家,妻子便没有好脸色,宋观澜知道以上网为爱好的妻子已经知道了情况,就吭吭哧哧地解释了一遍。妻子丢下一句"出来混,总是要还的",摔门进了卧室。这是一句网络刚开始流行的语言,还没有流行到宋观澜这里,他没有听明白什么意思。过了一会儿,在外地上学的女儿又打来了电话,宋观澜犹豫了好久才按了接听键,电话里却没有声音。

"别听网上胡说,你要相信爸。"宋观澜主动解释。

"我相信你,谁相信我呀,让我怎么做人嘛!"

宋观澜动气了:"我做什么见不得人的事了,让你不能做人了?"

女儿委屈地哭了,宋观澜只好耐着性子劝慰。

女儿是宋观澜的掌上明珠,从小到大,没有让她受过一点委屈;宋观澜也是女儿的骄傲,是女儿眼中的完美男人。宋观澜与妻子结婚二十多年,婚姻生活已趋平淡,也时常有一些磕磕绊绊,特别是女儿上学走了以后,失去了共同关注的话题,心中空落落的,但从来没有想过寻求另外的寄托。现在,因为一个没有关联的女人,给生命中最重要的两个女人带来耻辱,让她们伤心失望,怎么后悔都来不及了。

独屋里的灯

宋观澜不知道事情还会怎么发展,他心惊肉跳地继续关注着贴吧。关于他的帖子还在延续,像一条有头无尾的毒蛇,让他不能安生。夜里十二点,突然出现一条很长的帖子,题目是"我的供述",以宋观澜的口吻,介绍了自己的身份,然后自我检讨对自己要求不严,与女性在宾馆开房,对不起妻子女儿,对不起组织,对不起人民,感谢网民监督,如何等情,有鼻子有眼儿。宋观澜没有看完,就眼前一黑,再也挺不住自己了。

宋观澜不知道自己昏睡了多长时间,他睁开迷迷糊糊的眼睛,看见电脑屏幕上闪动着一片红光,是可以帮助删帖的广告。他眼前一亮,仿佛看见了美好的曙光,照着广告后的电话打过去,居然还有人接听。不过对方开价二十万元,一番讨价还价,最低也得十万。别说没有十万元,有也不当冤大头。宋观澜豁出去了,爱咋咋的,反正没有做过见不得人的事,别人不清楚,自己最清楚。想通了,笔下也变得顺畅了,几下写完事情的经过,天已经大亮。

早晨走过单位的走廊,一个女孩儿迎面看见宋观澜,闪身进了卫生间。宋观澜恨恨地想:躲什么躲,老子又不是强奸犯!进了自己的办公室,刚泡了一杯茶,何旺祖的电话就来了。

"你不是说下午交来吗?"宋观澜问。

何旺祖说:"情况有变化。"

到了何旺祖办公室,党风廉政室的那个副主任也在座,两人一副恭候的样子。

宋观澜把材料扔到何旺祖的面前,跷腿坐在沙发上。

"就这?"何旺祖粗粗看了一遍,递给那个副主任。

"就这!"

何旺祖为难地说:"老宋,这恐怕不行。"

"就这么个事,你说怎么样才行?"宋观澜口气强硬地说。

何旺祖说:"不是我说怎么样才行,是网民不行。"

"网民是谁？网民难道不是公民？网民说什么就是什么？纪委归网民管吗？"宋观澜把一腔的怒火都发到何旺祖的面前了。

何旺祖一直也在关注网上的言论，关于宋观澜的事又发了一期《舆情信息专报》，领导做了进一步的批示，他现在非常同情这位老朋友，但他必须履行自己的职责。

"老宋，不要激动嘛，事情比我们预想的要复杂。现在，一些传统媒体纷纷打电话了解情况，他们再掺和进来，局面恐怕更难控制了。"

宋观澜仍然很激动："控制什么？让他们充分发挥想象力，随便说去好了，我问心无愧！"

何旺祖有点语重心长地说："我相信你说的都是事实。但你冷静想一下，真的就问心无愧？有没有不太检点的问题？如果让这样炒作下去，会不会带出其他问题？"

宋观澜彻底火了："这就叫不检点了？挽着个胳膊走路不检点，搂着跳舞检点不检点？谁没有跳过？能带出什么问题？我贪了？占了？我就有那个心，也没有那个胆，更没有那个机会！"

何旺祖极有耐心："我知道你没贪，没占，可是有没有吃吃喝喝、公车私用的问题……"

宋观澜不等何旺祖说完："这些问题谁没有？你何书记没有？"

何旺祖大度地笑笑："我承认我也有，可我没有上网啊。"

这句话击中了宋观澜的要害，他的火一下泻了。

何旺祖继续说道："你是一个领导干部，不能光考虑自己，你想任由事态发展下去，将会给全市造成多大的负面影响，给你的家庭带来多少困惑？"

宋观澜觉得何旺祖说得有理，他也想很快让事情有个了结，就缓和了语气问何旺祖："那你说怎么办？"

"你要有心理准备……"何旺祖心情沉重地说。

宋观澜又跳起来了："什么心理准备？"

"接受处分。"

独屋里的灯
DUWULIDEDENG

参加工作多少年了,宋观澜知道这已经不是何旺祖的意思了,再多说也无益。按照何旺祖的要求,他把金淑梅的电话号码留给了那个副主任,等待进一步的调查。副主任还要萧微微的电话,他说没有,他真的没有留电话。副主任怀疑地看了他几眼,也没有坚持。

宋观澜知道金淑梅已经回到了省城。从何旺祖那里出来以后,他给金淑梅打了个电话,简单说了一下情况,主要是告诉金淑梅,纪委可能要跟她了解情况。

金淑梅问:"那我应该怎么说?"

"是怎么就怎么说!"宋观澜回答。

"我不知道你们是什么情况呀!"金淑梅好像有点幸灾乐祸。

宋观澜没好气地说:"那你想怎么说就怎么说!"

"跟我凶什么,好像是我害你了似的。"金淑梅也提高了嗓门。

"对不起老同学,我也是着急上火。"宋观澜缓和了口气,又好像才想起似的:"你们那个小萧怎么样?"

"还真挂念上了?"金淑梅的醋意又泛了上来。

宋观澜赶紧解释:"都啥时候了,还开这玩笑。我只是想人家一个小姑娘,不要给造成什么不好的影响。"

金淑梅充满同情地说:"你就操自己的心吧,人家好得很,正准备婚礼呢。"

宋观澜不知道是欣慰,还是失落,匆匆挂断了电话。

组织的处理决定很快就作出了,还是何旺祖找宋观澜谈的话。免去宋观澜科协党组成员的职务,由于科协属于人民团体,副主席的职务不能由组织直接免除,希望宋观澜主动提出辞职,并在网络公布。宋观澜的态度明确而又坚决,对于组织的处理无条件接受,但是决不主动提出辞职,因为主动辞职就意味着承认了网上的指控,这样莫须有的罪名,尤其罪涉男女关系,有辱自己的一世清名,无论如何都不主动背这个黑锅。

组织的处理决定在网上公布的同时,宋观澜在贴吧注册了一个号,发了一条《宋观澜的真实供述》,特别强调了自己作为当事人宋观澜的真实身份,客观详细地说明了事件的经过,没有为自己辩白,也没有检讨,只是对因此受到无辜牵连和污染的人表达了歉意。帖子发出以后,他就关了电脑,把两天来的焦虑、烦恼让电脑的黑屏统统抹去。

刚关了电脑,手机微微振动了一下,是金淑梅的信息:你们纪委给我打电话调查了,看来我在老家的生意做不成了。萧微微让我告诉你,照片是她的一个追求者拍摄发布的,她为给你带来的麻烦表示歉意。

宋观澜长舒了一口气,关掉手机,走出门,骑上自行车,来到郊外的一座荒山上。这里有一大片的墓地,是他以前郁闷的时候经常来的地方。坐在山头上,凉风习习,荒草萋萋,天高地远,阒寂无声,他已经熟悉了这里的一切,也立刻融入了这里,心情一下变得舒畅起来。已经入冬了,树上的黄叶片片飘落,飞来飞去的寒鸦忙着搭巢。在他面前的两棵树之间,结了一张宽大的蜘蛛网,在风中飘飘忽忽,网中央一只黑色的蜘蛛还在忙忙碌碌地编织着自己的世界。一只赶路的蜜蜂撞在网上,着急地弹动小小的翅膀和腿,不断地挣扎着,黑蜘蛛慢慢地向蜜蜂靠了过来。他轻轻地走过去,摘下蜜蜂,放开手,看着它心有余悸地飞走。

宋观澜看着那只失望的蜘蛛,想起二十多年前读过的北岛的一首只有三个字的诗:

生活

网

宋观澜以前只觉得这首世界上最短的诗,揭示了二十多年前的社会现象,没想到,他还准确地预言了二十多年后的社会现实。不由得苦笑了一下。

《北斗》2014 年第 1 期

独屋里的灯
DUWULIDEDENG

李万顺的尼龙丝袜子丢了

李万顺和孙子嘟嘟贴完对联,把大红的灯笼高高地挂起来,把院子又彻彻底底地打扫了一遍,角角落落都扫得干干净净。拿出一串鞭炮,拎在手里放了,又放了两个大炮,炮屑铺得院子红红绿绿,更添了一层喜气。

放炮的时候,李万顺说:"来,嘟嘟放。"

嘟嘟捂着耳朵,远远地躲了。放的时候,他又忍不住侧过脸,斜着眼睛看,像只灵敏又惊恐的兔子。

李万顺拍拍手上还未散尽的硝烟,惹逗着孙子:"屁胆子,连个炮都不敢放。"

嘟嘟才顾不上听爷爷说什么哩,他埋头在炮屑里面翻捡没有响的零星小炮,跑回灶房,拿出一支燃着的柴火,远远地举起来,炮眼子刚"嗞"的冒出一点火花,就跳起来扔出去,把自己扔得趔趔趄趄的。

看着孙子的憨实样,李万顺瘪着缺了牙的嘴:"尿尻子娃。"

"噼"一声,"啪"一声,小院里的喜气弥漫着。

李万顺从墙角提了一只柳条筐,回到房里,装上香表、纸钱,该上坟祭祖去了。

儿媳妇拍打着手上的面粉,从厨房里撵出来:"爸,你这就要去?"

李万顺说:"早去早回。"

儿媳妇:"快把衣服换上。"

李万顺周身看了一遍:"衣服净着哩。"

儿媳妇:"给你买的新衣服。"一边说,一边从上午才拉回来的皮箱中拽出一个大塑料袋递给李万顺。

"又花钱。"李万顺嗔怪着。

"过年哩么。"

儿媳妇回避进了厨房。李万顺换好衣服,提着筐走出门,咳嗽了一声。儿媳妇出来上下打量了一遍,问:"袜子换上了没?"

"换上了。"李万顺跺了一下鞋上的土。

"你脚洗了没有?不要又把袜子穿丢了。"老婆大着声在厨房里喊。

李万顺看见儿媳妇硬是把一声爆笑憋了回去,脸变得通红。他听见儿子在厨房低声说了句"妈——",李万顺觉得自己的脸腾地也红了。

"你——你——你个老东西,我一辈子算是做下短头了。"李万顺含着笑恨恨地说。

嘟嘟已经放完捡来的零星鞭炮,兴趣转移到大人的对话上来了。

"爷爷,啥是短头?"嘟嘟焦急地想知道答案。

"嘟嘟进来,奶奶给你说。"老婆在厨房里喊。

"嘟嘟乖,不听奶奶胡说,跟爷爷烧纸去。"

"我不去,我害怕。"一溜烟跑进了厨房。

李万顺赶紧抬腿出门。

李万顺这几年的日子越过越滋润,今年这个年过得也很顺心。

前几年,嘟嘟小,家里冷,不敢回家过年,每年都是年前儿子买好年货送回来,年后又回来看一下,一家人从没有团团圆圆地过个除夕。嘟嘟八岁了,皮实了,一家子终于能一起过年了,李万顺打心眼里高兴。就是这个死老婆子嘴长,哪壶不开提哪壶,几十年前的一件丢人事,给儿子说了给儿媳妇说,又要给孙子说,臊人死了。

李万顺想起往事,不觉脸颊烧了起来。

独屋里的灯
DUWULIDEDENG

　　有三十年了吧？对,整整齐齐三十年。儿子那年五岁,今年三十五岁。

　　秋庄稼刚上场,自家的庄子就在生产队的大场下。老婆春天抱的一窝鸡娃子,每天跑到场上,东趸摸一嘴,西趸摸一嘴,天天被看场的人撵得奔沟跳崖。一帮子小母鸡天天混个肚儿圆,红着脸,争着抢着"咯咯咯咯蛋"地叫,十天半个月时间,老婆就攒了三十个鸡蛋。李万顺装进篮子提到集上,正好又遇上在公社食堂管灶的远房亲戚,本来产蛋旺季一块钱十二个鸡蛋,他一块钱十个卖了,一篮子鸡蛋卖了三块钱,那个高兴啊。

　　李万顺腰杆硬硬地走进供销社,二毛钱买了一疙瘩、十盒洋火,六毛四分钱打了二斤点灯的煤油,三毛钱称了二斤盐,兜里还剩一块八毛六。他在供销社的地上走来走去,这个柜台看看,那个柜台瞅瞅,哪一样都是家里缺的,哪一样都不能让他下决心掏出兜里的钱。他一边看,一边琢磨,这一大笔钱是装回去哩还是再买点啥。

　　看见玻璃柜台里摆着的尼龙丝袜,李万顺心里猛烈地一动。

　　李万顺多次听过尼龙丝袜,但从来都没有摸过一下。生产队的年轻人整天吃的猪食,出的牛力,撂过牛粪担子躺在阳暖圪垯里,身子乏得一丝儿劲都没有了,嘴上的劲头却仍然十足,磨牙涮嘴地谝东谝西。到底年轻嘛。有人说尼龙丝的袜子薄得透亮、光得滑手,女人要是穿上就看不见穿着袜子,要是摸一下,那脚就比那谁谁谁的手还光。那谁谁谁是县剧团的演员,当时说得有名有姓,李万顺现在已经忘了谁谁谁是谁了。李万顺基本没有穿过袜子,老婆穿的是白洋布缝的,又厚又粗,不光也不亮,他根本想象不出那薄得透亮、光得滑手的尼龙丝袜是个什么样子。

　　李万顺对柜台里的女服务员说:"给我拿一双尼龙丝袜子看一下。"

　　女服务员瞥了一眼李万顺,没好气地说:"一块八毛六!"

　　李万顺确实没有想买,他只是好奇,想看一看,摸一摸。一听"一

李万顺的尼龙丝袜子丢了

块八毛六",再看服务员那气色,血一下涌到了头上,脸红脖子粗地喊了一声:"拿一双!"然后把一毛、二毛、一分、二分构成的一块八毛六堆到柜台上,好大一个堆堆哩。

想到这里,李万顺解气地笑了。

家里这阵子笑得更热闹。

儿子和儿媳妇炸油饼,老婆捞出煮好的猪腿,又忙着剁饺子馅,嘴里还在忙着说李万顺尼龙丝袜子的陈年旧事。

尽管已经听过多少遍了,儿媳妇还是笑得前仰后合,不住地擦眼泪:"你说我爸咋就能舍得来!"

"料片子人么。"婆婆说。

嘟嘟茫然不解地问:"啥是料片子?"

"就是烧料子。"奶奶解释着。

嘟嘟摇摇头:"不明白,不好笑。"

奶奶给孙子卖了个关子:"好笑的还在后面哩。"

"有啥好笑的?奶奶快说!"嘟嘟的好奇心被逗了出来。

"好笑的是你爷爷把袜子穿丢了。"

"丢了?"嘟嘟更加好奇。

你爷爷出了供销社的门,拿袜子对着太阳照了照,真的透亮,摸了摸,真的滑手,一下子也不心疼钱了,坐在供销社的门口脱了鞋,就地穿上了。穿上尼龙丝的袜子,你爷爷觉着脚底光光的,滑滑的,还凉凉的,走起路来轻飘飘地,他就一路轻飘飘地回来了。

回来坐在门槛上,给我算账,鸡蛋卖了多少钱,买这买那花了多少钱,还剩一块八毛六分钱。我问:"剩的钱哪?"他不说,神秘兮兮地坐那儿脱鞋哩。我还以为他把钱装鞋里了。我看他把脚摸来摸去,摸来摸去,摸了几遍,又在鞋里面掏来掏去。我说:"装鞋里了还能丢了?"你爷爷却像惊了的骡子一样:"我的尼龙丝袜子,我的尼龙丝袜

独屋里的灯

子哩！"

嘟嘟不解地问："爷爷的袜子呢？"

奶奶揭晓谜底似的："丢了——"

嘟嘟还是不解："穿在脚上还能丢了？"

奶奶费力地解释着："你想嘛，爷爷常年不洗脚，脚底都是老茧垢甲，那么光、那么薄的袜子，可不溜了么。"

嘟嘟说："那也应该在鞋里头呀。"

"可能是布鞋旧了，松松垮垮的，又溜出去了。"奶奶有点说不明白了。

"这有什么意思！"嘟嘟不满地说。

"咋没意思，你爷爷从此就成了方圆十几里地的典故。"

"啥典故？"

"李万顺的尼龙丝袜子丢了！"

"李万顺的尼龙丝袜子丢了？"

李万顺走到坟院，几个同族的人已经到了。

"万顺，新衣服都穿上了？"碎爷笑嘻嘻地问。

李万顺忸怩地抻了一下衣襟："你看这，娃娃硬要让换上。"

"袜子换了没有？"碎爷不怀好意地又问。

"换了！"李万顺知道碎爷的意思，有意顺着他的话。

碎爷扯到正题上了："尼龙丝的吗棉线的？"

李万顺只好回击："你个嘴上没毛的爷，嘴淡的得个烧火棍塞上。"

碎爷得意于他的玩笑："尼龙丝的可不要穿丢了！"

大家齐声附和："李万顺的尼龙丝袜子丢了——李万顺的尼龙丝袜子丢了——"

墓地上，一片哄然的笑声。

李万顺的尼龙丝袜子丢了

天已经黑了。

找来找去也没有找到新买的尼龙丝袜子,李万顺丢下鞋,拿了个手电筒就跑。

他沿着赶集回来的路,一步挨着一步找寻,嘴里不断念叨着:"日怪了,日怪了,好好地穿在脚上,还能丢了?"

天太黑,手电筒的光又弱,李万顺几乎爬在了地上。手电筒的光晕里出现了一双露着脚趾头的布鞋,他一时没有反应过来,顺着布鞋望上去,碎爷瞪大眼睛俯视着他。

李万顺一下瘫在地上:"吓死我了你!"

"你碎狗日的爬在地上寻啥哩?"

李家是一个大家族,李万顺辈分低,碎爷比他年龄小,却高出两辈,两人经常开一些没大没小的玩笑。

李万顺胡乱搪塞着,碎爷就是不信。经不住逼问,李万顺说了实情,千叮咛、万嘱咐不敢告诉别人。第二天,全大队的人却都知道了。李万顺的尼龙丝袜子丢了就成了广泛流传的典故,碎爷从此也成了嘴上没毛的爷。

尼龙丝袜子丢了以后,李万顺倒没有心疼那一块八毛六分钱,一直遗憾没有好好穿一双尼龙丝的袜子。这几年有钱了,人们却不穿尼龙丝袜子了,改穿棉线的了,说棉线的透气、舒服。世事就像磨道里的驴,一直打着转转。人们再说这件事他也不觉得多臊了,就觉得好笑。一块八毛六分钱,差不多二十个鸡蛋的价钱,能称十几斤盐、打六斤煤油、买九疙瘩零三盒洋火,要用多长时间哩。现在盐都是小袋袋装的,又白又细,腌菜用点粗盐,还买不到,说是不准卖了;不用洋火了,都用气体打火机了,一块钱一个,一打就着,能用好长时间;点灯不用油了,再也没见过有卖煤油的,不知道煤油现在一斤多少钱,除过点灯还有没有别的用场。想起这些,李万顺自己都忍不住笑了。

"孙子回来过年了,狗日的偷着笑哩。"碎爷发现了李万顺掩饰不住地笑。

"你管天管地管的宽，还能管的了人笑。"
"该人家娃笑哩，人家有好孙子哩，我没好孙子么。"
"谁让你是个嘴上没毛的爷哩。"
说起孙子，李万顺不知道老婆在家里怎么给嘟嘟编排自己哩。

大红的灯笼照的院子红彤彤的，一桌丰盛的年夜饭已经摆好了。
煮猪腿，酱牛肉，清蒸鱼，盐水虾，炖鸡块，丸子汤，白酒，饮料……没想到一辈子还能过上这样的日子，李万顺想刚才祭拜的那些先人们，有几个都是饿死的，真是太亏了。
几杯酒下肚，李万顺对孙子说："嘟嘟，给爷爷磕头。"
嘟嘟坚决地说："不！"
李万顺手里捏着十张红票子："不磕头就不发压岁钱！"
嘟嘟不为所动："不发压岁钱我就说你的典故。"
李万顺一时忘了那茬："我有啥典故？"
嘟嘟一副得意扬扬的样子："李万顺的尼龙袜子丢了——"
全家笑的喷酒的喷酒，喷饭的喷饭。

《北斗》2014年第1期